ギルド最強VSクールな受付嬢
あなたを攻略でクエストはありますか？
レイジ・ガレット
ギルド最強と称される冒険者。しかし、その実は受付嬢目当てで通っているだけの変態。何度フラれてもめげない姿から通称【不屈の魔拳士《バーサーカー》】

「あなたを攻略できるクエストはありますか？」

「発情期のオークの討伐などいかがでしょう？

熱烈に歓迎してくれると思いますよ」

アリサ・ヴェローチェ
レイジが恋する受付嬢にして、元Sランク冒険者。【氷結の冷嬢】の呼び名の通り、レイジのしつこい告白もクールに受け流す

「尊敬しています！
私とパーティーを組んでください！」
フィナ・リリーノ
レイジに憧れ冒険者になった少女。自分に自信がなく、卑下しがちなぼっち属性で、レイジが付けたあだ名は【ぼっちウィッチ】

……ちっ
怒れるアリサさん。舌打ちの音色すら甘美……。
あなたが好きになったのが私でよかったと思っています
照れるアリサさん。……天使か？
……あーん
緊張するアリサさん。ご馳走様です！

「もし私が自分を許すことができたなら……」
「その時はあなたの愛に甘えてもいいですか？」
アリサさんは、どんな時でも美しい……。
by レイジ

レイジさんっ……!?
それは、過去との対峙——

「【風術《ウィンド》：加速《アクセル》】!!」
「アリサさん、怪我はありませんか!?」

MENU

ギルド最強VSクールな受付嬢
あなたを攻略できるクエストはありますか？

木の芽

ファンタジア文庫

3217

口絵・本文イラスト　そらしま

ギルド最強VSクールな受付嬢
あなたを攻略できるクエストはありますか？
木の芽 KINOME
イラスト：そらしま SORASHIMA

【第一章】

「貴女を攻略できるクエストはありますか?」

難易度:★★★★★

達成条件:アリサに告白しOKをもらう

制限時間:恋人になれるまで

報酬:アリサ・ヴェローチェ

Quest-1　氷結の冷嬢

その姿はまさに俺にとっての【英雄】だった。
突如として村に現れた魔物たちをたった一人で全て葬《ほうむ》り去った。
宙に舞った氷の結晶にきらめくサファイアブルーの瞳。
闇夜を切り裂く金色の髪。
彼女が戦場を駆け抜ける一挙手一投足が記憶に刻み込まれていく。
洗練された動きは美しく、俺の心を奪ったのは一瞬のことだった。
「……大丈夫？」
地面にへたり込み、放心していた俺へと彼女は手を差し出す。
ぎこちなく口の端をつり上げた微笑《ほほえ》みに彼女の優しさを感じる。
俺の口が紡《つむ》いだ言葉は感謝の意でもなく、痛みを訴えることでもなく。
「お、お姉さんの名前は……？」
幼いながらにして初めての感情を咲かせた男としての欲求だった。
首をかしげながらも【英雄】は俺を立たせると、世界で最も美しい名を告げる。

「アリサ。アリサ・ヴェローチェです」

この世に生を受けて5年目。

俺は彼女に恋をした。

† † †

冒険者になる人物にはいくつかの理由がある。

田舎の村出身の若者が一攫千金《いっかくせんきん》を狙ったり、力自慢がどこまで上り詰められるのか試したり、強大な魔物を倒して名声を求めたり……。

俺――レイジ・ガレットはそのどれでもない。

俺が求めるのはただ一人の女性の言葉のみ。

「お、おい、アレ！【不屈の魔拳士《バーサーカー》】がまた挑むつもりだぜ」

「よっしゃぁ！ゲームに乗る奴はすぐにオレの元へ金をよこせ！」

「どっちに賭ける？今日は気合いも入っているみたいだし、穴の方に……」

「やめとけ。どうせ損するだけだ」

やいやいと後方で飛び交ううるさい野郎どもの喧騒《けんそう》。

「次の方、どうぞ」

そんな騒々しい空間を鋭く貫くギルドに凛《りん》と響く彼女の声。

順番がやってきた俺は担当の受付嬢のいる窓口まで行くと、いつものように彼女を誘う決まり文句を口にした。

「あなたを攻略できるクエストはありますか？」

「発情期のオークの討伐などいかがでしょう？　熱烈に歓迎してくれると思いますよ」

「あの時、アリサさんに一目ぼれしました。俺と付き合ってください！」

「ごめんなさい」

抑揚のない、あまりにも流暢《りゅうちょう》な返事に時が凍り付く。

それもわずかな間で、屈強な男どものうるさい声に静寂は破られた。

「今日もフラれたー‼　レイジ・ガレットは今日も駄目だった！」

「これで100連敗かよ、あいつ⁉」

「くそっ！　ほとんど元返しじゃねぇかよ！」

俺がOKをもらえるか、フラれるかで賭けをしていた野郎どもの喧騒がギルド内に飛び交う。

それらを気にせず、俺は次なる言葉を紡ぎだす。

「将来なら安心してください。アリサさんが結婚してくださったら、ちゃんと安定した魔法省へと就職します」

「返事は変わりません」

「では、休憩時間にお茶しませんか？　いい店を見つけたので」

「用件がお済みならおかえりください」

「仕事終わりにお食事でも」

「それ以上はセクハラで支部長に訴えますよ」

「このレッド・リザードの討伐クエスト受けたいので承認お願いします！」

「それでは確認のため、依頼書とギルドカードをここに」

彼女の指示通りに指定された物をトレーに載せると、アリサさんはサラサラと筆を走らせていく。

あとは承認のハンコを捺《お》せば終わり。

俺がアリサさんとお話しできる貴重な時間はもう終わりを迎えた。

「それではお気をつけて」

「はい……ありがとうございます」

冒険者ギルドの受付嬢は忙しい。

特に朝方。それも俺が滞在するこの街・アヴァンセは『始まりの街』と呼ばれている場所。

ほどよい弱さの野良《のら》モンスター。

近くの森に入れば小型のダンジョンもあり、環境が初心者にピッタリなのだ。

最低ランクであるFランクを卒業して脱初心者と呼ばれるEランクになっても、ここに居座る安定志向の奴らのせいで朝から依頼《クエスト》の取り合いになる。

「しかし、冷嬢も見る目ねぇよなぁ。普通の女なら喜んで受け入れるもんだがなぁ。1年でCランクになった冒険者なんて10人もいねぇだろ」

「あ？　アリサさんバカにしてんのか？」

「慰めても怒るんじゃねぇかよ……。王都に行ってもおかしくねぇってのに、お前も変わったやつだよ、全く……」

男は呆《あき》れた様子でギルドを出て行く。

ランクなぞ関係ないのだ。それも俺がアリサさんに会いたくて毎日通い続け、クエストを受けまくったから上がっただけ。

「はぁ……アリサさん……」

俺は無表情で職務をこなす想《おも》い人を見つめる。

ギルドの受付嬢は複数人いるが、それぞれ担当の冒険者を割り振られている。

俺のフィアンセ（予定）こと担当受付嬢はアリサ・ヴェローチェ。

金髪碧眼《へきがん》の正真正銘のエルフだ。横からぴょこんと出ている耳が何よりの証拠。

切れ長の二重瞼《ふたえまぶた》に、見るもの全てを引き込む水晶のように透き通った瞳。

自己主張の激しい胸から引き締まったウエスト。スカートから伸びる足の脚線美は見事なもので、10人の男がいれば10人が見惚《みほ》れるだろう。

長寿族《エルフ》だけあって昔から一つも変わっていない。むしろ、今の方が美しくなっているかもしれない。愛してるぜ、アリサさん。

なにより彼女は俺の命の恩人にして、初恋の相手。どうしても彼女に担当してほしかったので観衆の中、土下座したくらい好き。

「きれいだなぁ、今日も……」

ジッと見つめていると、元Sランク冒険者の彼女にはさすがに気づかれる。

目が合った瞬間、ため息を吐かれた。

あれはゴミを見るような眼《め》だ。

現役時代の二つ名と併せて、彼女が【氷結の冷嬢】と言われる所以《ゆえん》である。

常に触れ難《がた》い冷たい雰囲気を放ち、淡々と業務をこなす。

しかし、愛の前ではささいな障害は意味をなさない。

害虫を殺す時となんら変わらぬ殺意のこもった視線に、サッと顔を逸《そ》らす。

考えていることがバレたのだろうか。

恐る恐るチラと視線を送ると、俺の視界を遮る制服があった。

顔を上げれば見慣れた旧友が呆れた顔をしている。

「あら、今日も相手されなくてかわいそうなレイジじゃない」

「……俺に何か用か、ミリア」

「なに？　用がないと話しかけちゃいけないの？　魔法学院の同期なのに」

そう言って彼女は赤い髪を手でかきあげる。

ミリア・リリッティ。卒業した王立魔法学院の同期にして腐れ縁。それは在学中、彼女と別のクラスになったことがないほどだ。

なぜか推薦が決まっていた魔法省を蹴って、こんな始まりの街の冒険者ギルドの受付嬢として働いている変人でもある。

その点に関しては俺も人のことを悪く言えないが。

「いや、話しかけてもいい。ただその位置は不味《まず》いな。アリサさんの姿が見えない」

「ヴェローチェ先輩なら支部長へ報告しに、支部長室へ行ったわよ？」


「………」

「あれ？　俺の冒険者生活終わった？」

「大丈夫でしょ。あんた、うちのギルドのエースだし。いなくなったら処理できるクエスト量も減っちゃうから」

「よかった……。まだ安心してアリサさんを見ていられる……」

「人として最低の発言なんだけど……」

なぜかミリアはドン引きしているが、知ったことではない。

俺にとって最優先なのはアリサさんの好感度である。

今はちょっとツンの時期だが、将来的にはデレが出てくるので何ら問題はない。

「あんた本当にヴェローチェ先輩と師弟関係だったわけ？　ただのストーカーにしか思えないんだけど」

「ああ、アリサさんの唯一の弟子にして、将来の夫でもあるのが俺だ」

「ますます怪しく思えてきたんですけど……」

「本当だって。俺が強くなろうと思った理由の一つが、あの人に憧れたからだし」

「だったら、あの人みたいに王都で活躍したらいいのに。そしたらアタシも異動して向こうで担当してあげる」

「断る。アリサさんがついてきてくれない限り、俺はここに残り続けるからな」

「はぁ……名誉ある魔法学院の誇りも今ごろ泣いてるわよ。首席卒業が魔法省にも入らず、冒険者なんかやってるんだから」

「それを言うならお前だって次席なのにギルドで働いてるじゃないか」

「う、うっさいわね！　……あんたが魔法省にいたらアタシだって……」

「魔法省？　それならアリサさんと結婚したら入るつもりだ」

「あ〜、はいはい。そうですね」

全く叶《かな》うと思っていない返し。実際、今のところ全敗だし、俺の告白が成功するかどうかで賭けをしている奴らまでいる始末。

結果がほぼ元返しになっていることも把握しているので、いつか彼らとは個人的にお話ししなければいけない。

「はぁ……さすが【不屈の魔拳士《バーサーカー》】って言われるだけあるわ。あんただけでしょ。好きな相手に会いたいから1日に複数回クエスト受けるの」

「全部その日のうちに達成しているから問題ないだろう」

「はいはいそうですよ、達成率１００％ですよ。本当に結果だけは一流の冒険者なんだから……昔っからほんとそういうところ変わってないわよね」

過密日程でのクエスト受注率と達成率。

そうやって好き勝手にできるのもデビューからずっとソロだからだ。普通の新人ならパーティーを組むのが常。

しかし、俺はそうしなかった。

俺にとってなによりも大切なのはアリサさんとの時間。

俺の人生のすべての原動力は恋に落ちたあの日からアリサさんなのだ。救われ、並び立つために教えを請《こ》うた。急な別れもあったが、こうして見つけ出せた今は会えなかった時間が俺の恋心を強く育てたと思える。

「ふっ、アリサさんに恥はかかせられないからな」

そう答えると、ミリアはなぜか頬をぷくっと膨らませて、俺の背中を押してギルドの外へと放り出す。

「ほらほら！　クエスト受けたならさっさと行ってくる！」

「言われなくてもそうするつもりだ」

このクエストが終われば、またアリサさんとお話しできるからな。

彼女に憧れて、恋焦がれて、冒険者になった。

今も昔も目標は変わらない。

アリサさんと一緒に幸せになる。ただそれだけ。

「……よし」

気持ちを整えた俺は魔物退治のため、出現が確認された場所へと向かうのであった。

Quest-2　限定発注・裏クエスト

討伐を終えた俺は花屋で買った108本のバラの花束を抱えてギルドに戻ってきた。

色褪《いろあ》せぬアリサさんの美しさに見とれながら、花束を手渡して白い歯を覗《のぞ》かせた。

「アリサさん。あなたの騎士《ナイト》が帰ってきました」

「ナイト……？　変態の間違いでは？」

「ははっ、アリサさんに変態と呼ばれるのもまたいいですね。新しい扉が開きそうです」

「そうですか。では、これからもそう呼ぶために登録名はレイジ・ガレットから変態へと変更手続きをしておきますね」

「これがレッド・リザードの証拠部位です！　確認お願いします！」

「はい、受け取りました。それではこちらの札をもって少々お待ちください」

目の笑っていない笑顔に圧倒された俺は肩を落としてその場を離れる。

アリサさんはやると言ったらやる人だ。

俺は彼女が村の復興作業に携わってくれた間、ずっと彼女の周りをうろついていた。

冒険者になってからも毎日関わっているし、俺以上にアリサさんのことをわかってるやつなんているのだろうか。アリサ・ヴェローチェ世界選手権があれば、俺が間違いなく優勝する。

「ふぅ……今度誘う店でも探しに行くか」

前回と同様に夕食に誘おうとしたが、しつこい男性は嫌いらしいので自重しておく。

本当に嫌われてしまっては元も子もない。

もうすでに嫌われている？

何度も言うが今は……ほら。ツンの時期だから。いつかデレが来るから。いつか……うん。

「……さて、と」

手渡された札にこっそりと魔力を込める。

当然、ただの札なら何も起きはしない。

けれど、アリサさんが支部長室に行ったとミリアは言っていた。ならば、いつも通りこれには……おっ。

『最後まで待っていてください』

ふふっ、可愛《かわい》いなぁ、アリサさん。

こんな照れ隠しなメッセージ残しちゃってさ。お仕事終わりのデートに行きたいなら、そう言ってくれればいいのに。むしろ、今から誘いに行きます。

平時ならそう解釈してアリサさんを三度口説きに行き、平手打ちをいただくところだが、今回は普段の冗談はNGだ。

そういう案件だと俺は知っている。

「おい、【不屈の魔拳士《バーサーカー》】まだ帰らねぇのか？」

「今日も【冷嬢】誘うのかよ」

いつもの告白賭けコンビが声をかけてくる。

どうやら彼らも一仕事終えたところのようだ。

「もちろん。これぐらいでくじけるわけないだろ」

「じゃあ、フラれるに銀貨10枚」

「バカお前、賭けにならねぇよ。元返しだ」

「ちがいねぇ」

「うるせぇ、散れ散れ」

しっしっと追い払うと、ケラケラと笑いながら冒険者どもは夜の街へと繰り出す。

もうこのノリも慣れたものだ。俺が冒険者デビューしてから広まり続けて恒例行事になっている。

冒険者は金、女、喧嘩《けんか》が大好きなのだ。

とはいえ、俺とアリサさんの告白結果はもうみんなわかりきっているので、賭けになっていないのが現状である。

ちなみに、俺は毎回自分に賭けて永遠に負け続けていた。悲しい。

さっきの奴らよろしくクエストを終えた冒険者が一言声をかけてはギルドを去っていく。

仕事が終わったのに職場に残るもの好きは俺ぐらいなものだろう。そして、不審に思われないのも俺だけ。

なぜなら、誰もが俺がいるのはアリサさん目当てだと勘違いするから。

うーん、正解！

「警備に捕まらないようにな」

「明日の新聞に載らないように」

「変態が付き合えたら天変地異の前触れだから教えろよ」

「それ本当に応援の言葉……？」

仕事が終わったギルド職員に励ましをもらいながら、せっせと中で書類作業をしているアリサさんを待つ。

あぁ、あの傷一つない細い指。ぜひとも俺の指輪をはめてほしい。

付き合い始めた俺たちはすぐに離れていた時間を埋めるかのように毎日、イチャイチャして過ごす。ご飯をあ～んして食べさせあったり、同じソファに腰かけて本を読んだり……そんなアリサさんの指には俺がプレゼントした指輪がキラリと輝いていて――

「――ふん」

「ふべふっ⁉」

「叶わない妄想から帰ってきましたか、変態さん？」

座り込んでいた俺を見下ろすアリサさん。指輪をはめたい薬指選手権ナンバーワンの手の位置から察するに、愛のチョップをいただいたようだ。

ははっ、アリサさんの想《おも》いが伝わってくるな。ジンジンと響くよ。

「それは違いますね、アリサさん。俺は描いていたんです、二人が歩む未来をね――って、あれ？　無視⁉　もういない⁉」

「訳のわからないことを言っていないで、はやくこちらへ」

アリサさんに手招かれ、冒険者との面談や商談に利用する個室を抜け、さらに奥へ。

ドアを開けて、部屋に入ると机の両端に積まれた書類に挟まれている男がいた。彼こそ冒険者ギルド・アヴァンセ支部の長、ウォーレン・アントレス。

筋骨隆々とした肉体と蓄えられた髭《ひげ》がよく似合う彼は元Aランク冒険者として名を馳《は》せ

ていた。引退後は故郷であるアヴァンセに帰ってきて、書類とにらみ合う日々を送っている。

ギルドの居心地のいい空気を作っているのは、間違いなくこの人の功績の一つだろう。

「よぉ～、待ってたぜぇレイジ。今日もアリサとデート頼むよ」

「私たちが行うのはデートではありません。ただの仕事です」

「はははっ。だってよ、レイジ。お前も苦労してんなぁ」

「ふっ、試練が大きいほど恋は燃え上がりますから」

「そうかそうか！　そりゃよかった！」

腹を抱えて廊下全体に響く笑い声をあげるウォーレンさん。

冒険者をやめても豪快な性格までは変わらないらしい。

「支部長。そろそろ本題に」

「ああ、わかってる。とはいっても、いつも通りだ。この魔物の討伐をお前にこなしてほしい」

そう言って、ウォーレンさんから受け取った紙には近隣で目撃されたAランク相当の魔物・アイアンコンガの情報が記されていた。

本来ならばCランクである俺では到底請け負えない相手だ。だが、一つだけ抜け道が存在する。この魔物の討伐はまだ正式にギルドからクエストとして発注されていない。

つまり、クエストとして受けるのではなく、個人間の仕事の依頼として受けるのはグレーゾーンではあるが規約違反ではない。

もっとも危ない橋を誰も渡ったりしないから、今まで問題視されていないが。

「……これは結構近いですね」

「ああ、王都から冒険者の救援を待っていたら近隣の村は壊滅してしまうだろう。……レイジ、お前がいなければ、だが」

ウォーレンさんが俺の肩をポンと叩《たた》く。

「お前の実力はAランクを超えている。さっさと試験を受けて冒険者ランクを更新したらいいだろうに」

「そしたらBランク以上の義務が発生して有事の時に王都に呼び出されるでしょう？　俺はアリサさんといる時間を減らされるのはごめんです」

「本人を前にして言うあたり、お前も変わらんな」

「直接言わないと伝わらないことはたくさんありますから。アリサさんも遠慮なく俺と会えなくて寂しいって言っていいんですよ？　あ、好きも受け付けています！」

「今だけは許してあげます。帰ってきたら覚えておきなさい」

言葉を裏返せば、アリサさんは俺が無事に帰還すると信じてくれているってわけだ。

ふふっ、照れ屋さんなんだから！　俺じゃないと伝わらないぞっ。

「……すまないが、よろしく頼んだぞ」

「気にしないでください。俺が好きでやってることですから。報酬ももらっていますし」

「あんな雀《すずめ》の涙ほどの金、対価にすら値しないだろう。……本当にすまない」

この魔物討伐はクエストではないので報酬金に国からの支援金は含まれない。ギルドに依頼した村人たちが生活を切り詰めてかき集めたわずかな金銭しか報酬として受け取れないのだ。

ウォーレンさんは気を遣ってポケットマネー分をかさましてくれるけど、それでも相場には到底及ばないだろう。

しかし、それは承知の上。もとより金額など気にしていたら、こんな裏で依頼を受けたりしない。

「謝らないでください。むしろ、アリサさんに格好いいところを見せるチャンスをくれてありがとうございます」

これ以上の会話は押し問答になるので断ち切るように身体《からだ》を翻《ひるがえ》す。

アイアンコンガの討伐は誰にも気づかれぬよう夜更《よふ》けに行う。あまり長居する余裕もない。

「……本人を目の前にして言っては意味がないと思いますが」

呆《あき》れた声でジト目を送ってくるアリサさん。

「さっきも言ったじゃないですか。ストレートに行く派なので自分は。速攻で帰ってきて武勇伝を聞かせますから」

「業務時間外なので受け付けません」

「えぇ！　待ってくれないんですか⁉」

「当たり前です。――ですので」

ほんのわずかいつもの強い視線がぶれる。ただすぐにいつもの凛《りん》としたアリサさんに戻った。

「明日、きちんと顔を見せてちゃんと報告してください。……聞き取った上で報告書は私が担当しましょう」

その言葉は俺を奮い立たせるには十分すぎる言葉だった。

† † †

「あんなルンルン気分でAランクの討伐に行くのはあいつくらいだろうな」

「全くです。危機感のない。育て方を間違えたでしょうか」

もう暗闇に姿を消した青年を思い浮かべて、小さくため息を漏らす。

確かに少ない時間を共に過ごした。

彼に懇願され、今の礎《いしずえ》となる魔法を教えたのは私だ。思い返せば、昔から彼は諦めが悪い少年だった。最初こそ滞在するつもりのなかった村に長くいたのも彼に毎日嘆願されたからだ。

まぁ、当時の彼は私の言うことをよく聞くとても素直な子で——今も別の意味で素直だが——可愛《かわい》げがあったのは認めよう。私からすれば数えるのも嫌になるほど年の離れた息子ですらない存在だったたから。

しかし、まさか助けた子供が大きくなっても私を忘れず、ここまで追いかけるなんて誰が想像できるだろうか。

父や母に聞かされた過去の英雄譚《たん》でも、そんなの聞いた覚えがない。長寿のエルフですらしないことを彼はエルフよりも短い人生を削って行っているのだ。

師匠の私の育て方がよろしくなかったと言っても過言ではないだろう。

「なに言ってるんだか。自分からご褒美《ほうび》をあげたくせに」

「……担当受付嬢が報告書を作成するのは別におかしなことではありません」

レイジさんが喜んでいたのは私が聞き取りの上で報告書を作ると言ったから。それは二人きりの時間ができるのと同義。

しかし、これは他の受付嬢もしているいたって普通の行為だ。だから、そのニヤニヤした顔をやめなさい。

「それにこれくらいの見返りがなければ彼が可哀想《かわいそう》でしょう」

「……それはそうだな」

そもそも彼はどうして私のような愛想《あいそ》も悪く、暴言を吐く見た目だけの女を好いているのか。

確かに私は彼の命の恩人。これは事実。だからといって、私が人生を懸けて恩人を愛するかと聞かれたらノーだ。

彼の人生は彼のものだ。私に関わって、彼の人生をめちゃくちゃにしてはならないのだ。そうだと理性ではわかっていても、グチャグチャとした心がその選択肢を取らせようとしない。

「…………」

「心配か？　無事に帰ってくるかどうか」

「……受付嬢が担当冒険者の無事を願うのは当然だと思いますが」

「かっかっか。それもそうか」

しかし、口とは裏腹に支部長は意味深な視線をこちらに向けるのをやめなかった。

「まぁ、なんだ。レイジの好意に甘えている俺が言うのもアレだが……あいつはきっといい冒険者になる。その素質を備えている。まるで昔のお前を見ている気分だよ」

「私はあんな一途に人に恋していなかったと記憶していますが」

「そこは確かに。だが、根っこは全くの一緒さ」

「まさか。私はそんな善良な人間ではありませんでしたよ」

「……ふっ、頰。緩んでるぞ」

「気のせいでしょう。……私はもう上がります」

「かっかっか。おう、お疲れさん」

愉快気に笑うウォーレン支部長。だけど、私が背を向けた瞬間に笑い声は止《や》み、諭すような口調で言葉を投げかけられる。

「……あいつはお前と結婚したら冒険者をやめるらしいじゃないか」

「ええ、そう公言していますね」

「あいつも幸せ。お前も幸せ。これ以上ないハッピーエンドな選択だろ」

「……何が言いたいんです？」

自分でもわかる。凍《い》てついた鋭利な感情が支部長を貫いたのが。

だけど、彼も一時代を担《にな》った豪傑。この程度で揺れる輩《やから》なら、端《はな》から私に意見を出したりしない。

「……なぁ、もういいんじゃないか。自分を苦しめるのは」

「──ありえません。死んだ仲間を思えば、私だけが幸せになどなってはいけない」

そうだ。のこのこと逃げ帰った私だけが幸福を手にするなんてことあってはならない。

瞼《まぶた》を閉じれば、彼女たちの声が思考を埋め尽くす。それらが消える日はきっとこない。

私の命はあの絶望に陥った時から復讐《ふくしゅう》のために在るのだ。

だから、彼にも諦めてもらわなければならない。彼の恋が成就《じょうじゅ》することはないのだ。

きっと若さゆえに情愛と憧れを混同してしまっているのだろう。彼の明るい未来を私なんかで縛ってはいけない。

「……失礼いたします」

それ以上、言葉は返ってこなかった。

† † †

「このあたりか……アイアンコンガが目撃されたって場所は」

アヴァンセから西へと向かうと隣町との間に森林地帯がある。今回通報した行商人によると魔物を食い散らすアイアンコンガを見たらしい。

アイアンコンガがこんな地域で目撃されることすら珍しい。何らかの要因があったのは間違いないだろう。

「繁殖期で気が立っているか、棲処《すみか》を追われたか……どっちにしろ退治しないとな」

アイアンコンガは名前の通り、強固な肉体と理不尽な暴力を兼ね備えている。ちょっとでもかすれば、俺たち人間の首の骨なんてコキリと折れてしまう。

対して、俺のバトルスタイルは魔法で身体強化を施して肉弾戦を主とする。

殴り合いのけんかになる。わかりやすくていいね。

それに今の俺はアリサさんのご褒美で絶好調。真っ向勝負する気満々だった。

「さて……この辺でいいか」

森林地帯の中ほどにまで差し掛かった俺は歩みを止めて、討伐対象をおびき寄せる準備をする。

魔物は種族にかかわらず、人間の肉が好みだ。おびき出すには、わざと俺はここにいるぞと伝えてやればいい。

落ちている木の枝を踏んで、大きく音を鳴らす。こうすれば理性の失ったアイアンコンガなら一発で釣れるわけだ。

噂《うわさ》をすれば影が差す。荒々しい獣の呼吸音と共に、木々の隙間から奴は姿を現した。

『ガァァァァァゥゥ』

夜空を劈《つんざ》く雄叫《おたけ》びがビリビリと鼓膜を震わせる。

棍棒のように太い両腕を振るい、木をなぎ倒したアイアンコンガは胸を叩《たた》いて威嚇する。

こんな化け物が世に解き放たれていいわけない。

「よっぽど気が立っているのか、俺を弱者とみなしたか……どっちでもいいか。あっさり出てきてくれて助かったよ」

奴の殺気立った目がヒリヒリと俺の喉を緊張で焼く。

そうこなくては。心震わせるのは、人を次なる段階へと導くのは、いつだって試練だ。

大きな壁を乗り越えてこそ、人間は限界以上の力を発揮して成長を遂げる。

「俺はお前を糧《かて》にして、また一つ強くなる」

強くならなくては。アリサさんとの夢の新婚生活のために。

あの人を、悪夢《かこ》から解放するためにも。

「さぁ、始めようか。魔物討伐を」

『グルァァ！』

構える。瞬間、アイアンコンガが両腕を振り下ろす。接地する前に跳んで躱《かわ》すと、大きな手に乗った。

『ゴルルルゥ！』

すぐさま頭突きが迫ってきたので、飛び降りて奴の両腕と身体《からだ》でできた三角地帯へと逃げた。

袖をまくり、鍛え抜かれた腕を晒《さら》す。

「【魔法装甲《エンチャント》：氷化《ヒート・ゼロ》】」

魔拳士《バーサーカー》とは己の肉体を武器に魔法で強化して戦うスタイルをとる者を指す。

剣や斧《おの》、弓……数多《あまた》の種類の武器が流行《はや》っている背景にはやはり危険度の違いがある。

魔物に近づけば近づくほど、命を落とす割合が高くなるのは猿だってわかること。

故に傍《はた》から見れば俺のスタイルは【常軌を逸している】。

だから付いた二つ名が【不屈の魔拳士《バーサーカー》】。最近は別の意味も含んでいる気がしなくもないが……今は関係ないだろう。目の前の敵に集中すべきだ。

選んだ理由？　あの日のアリサさんのようにきれいに舞う姿に憧れていたからだ。

「気を付けろよ。ただの拳とはわけが違うぜ」

触れる空気すら凍らせる冷気。素肌が白へと色を変えていた。

魔法により氷をまとった拳でアイアンコンガの太い腕を殴りつける。丸太ほど太く毛深い奴にとっては、さほど衝撃はないだろう。

だけど、急速に冷やされた部位はパキパキと音を立てて、凍てついていく。

『ゴゥゥゥ⁉』

「慌てるな。まだ腐っちゃいねぇよ。砕きはするがな」

反撃が来る前に大きく凍った部分に足を振り下ろす。俺の胴ほどある奴の腕はいとも簡単に破壊され、地に落ちた。

『⁉⁉⁉』

アイアンコンガは訳がわからないといった様子で欠損した己の腕を眺めている。

痛みもない。血も流れない。なのに、身体が壊れている。

お前にとっては初体験だったんだろうな。

「隙を許してくれるのは弱者だけだぜ」

呆然《ぼうぜん》としているアイアンコンガの懐《ふところ》にもぐりこみ、腹部へ二撃、三撃と打ち込む。

氷結は身体中へと広がっていき、内部をむしばんでいく。魔物は内筋を鍛えるという発想に至らない。

人間は知恵を駆使した。だから己の何倍もの巨体を持つ化け物相手に戦えてきた。

「――とどめだ」

大きく腰をひねり、タメを作る。

拳を脇まで引いて、最大限の威力を放てるように。

「【魔法装甲《エンチャント》：風巻《ストーム》】」

魔法の風がらせん状に俺の腕に巻き付く。

打ち出される弾丸のごとく腕をひねりながら、突き出した。

「【螺旋風刃《トルネード・ブレット》】……！」

衝撃と同時に拳はアイアンコンガの身体を突き抜ける。

破損した氷漬けの肉体はひびが枝状に伸びていき、ボロボロと崩れ落ちていく。

自慢の肉体も半分以上が失われては何にもならない。

『アッ、ガッ、ゴォ……』

己に死がやってくることすらまともに理解できないまま、アイアンコンガは地に伏した。

「……こんなもんか」

……まだ。まだ脳裏に焼き付いたアリサさんの姿には及ばない。

アリサさんを救い出すには何が必要か。彼女を超える、いや魔王軍を屠《ほふ》れるほどの強さだ。彼女との別れの日から10年。俺の立ち位置はまだあの時のままだ。

「……切り替えよう。悲観することもない」

このクラスの相手も随分と手際《てぎわ》よく倒せた。自身が思っている以上に成長していたのだとわかったので、ひとまずは良しとしよう。

討伐した証拠としてアイアンコンガの目玉と耳を削《そ》いで、布で包んでからポーチへと仕舞った。

「さて、宿に帰るとしますか」

なにせ明日にはアリサさんと楽しい二人きりの時間が待っている。

普段はまともに会話する時間すら取ってくれないので、貴重な聞き取り時間となるだろう。１週間分くらい喋《しゃべ》り倒す勢いで行くつもりだった。

そうと決まれば、こんな汚れた姿でアリサさんに会うわけにはいかない。

朝来るまで入り待ちも捨てがたいが、せっかくの機会が無しになる可能性があるので却下。

はやく明日の朝が来ますように……！

†　†　†

「――って、思っていたはずなのになぁ……」

全然寝れなかった。

答えは簡単。楽しみすぎて、アリサさんとお話ししたい話題を思いつく限りシミュレートしてたら太陽が昇っていた。

一応、寝てから行くのも考慮したが、確実に夕刻まで寝過ごしてしまう。アリサさんをそんなに待たせるなんてナンセンス。

今日はクエストを受けずにアリサさん成分を摂取したら帰ろう。

あくびをかみ殺して、怠《だる》い身体に鞭《むち》を打ちながら、ギルドへと歩く。

アリサさんの顔さえ見れたら、疲れなんて吹っ飛ぶ。笑顔が見れたら結婚指輪を買ってくる。手をつないでくれたら、そのまま婚前旅行だ。

「――というわけで、一緒に見に行きませんか、アリサさん」

「どういうわけなのかわかりませんが、くだらない論理であるのはすぐに理解できました」

「ほら、指のサイズに合わなかったら困るじゃないですか」

「指輪をつける予定は未来永劫《えいごう》ありませんので結構です。ふざけていないで、さっさとやりましょう。……あなたもお疲れのようですしね」

「……っ」

そういう一言が心にしみるほど嬉《うれ》しい。普段から俺をしっかり見てくれている証拠だから。

「アリサさん！」

「なんでしょう？」

「膝枕してください！」

「頭を踏みつけるくらいならしましょうか」

「本当ですか⁉」

「おっと、そういえば変態でしたね……」

「そんな褒めても告白の言葉しか出てきませんよ～、あっ、花束買ってきましょうか？」

「どっちともいりません。面談室の鍵を取ってきますから待っていてください」

ははは、今日もアリサさんは絶好調だ。

もうアリサさんの罵倒がないと一日が始まった感じがしないレベルにまで身体に染《し》み込んでいる。

さて、念願のお部屋デート（違う）。どんな話題から切り出そうかと考えていると、ギルドに相応《ふさわ》しくない可愛《かわい》い声に呼び止められる。

「あ、あのっ！　すみません！」

振り返ると、白い帽子を被《かぶ》った魔法使いの女の子がいた。

杖《つえ》を持っているから、間違いない。

純白のローブには汚れ一つないし、成りたてのルーキーだろうか。

「俺でよかったかな？」

「は、はい！　あなたはレイジさんで合っていますでしょうか⁉」

「レイジ・ガレットを探しているなら、俺のことだね」

正式に名乗ると、少女の顔は喜色満面になる。

そして、帽子を落とすくらい腰を曲げ、１枚の紙を差し出した。

「尊敬しています！　私とパーティーを組んでください！」

「えっ――」

『はぁぁぁぁ⁉』

……俺より驚きの声を上げたギルド職員たちには、どうやら後で話を付ける必要がありそうだ。

Quest-3　ぼっちウィッチ

クエストを終えた俺は日課であるアリサさんとの会話をしに、アヴァンセのギルドに来ていた。

そこで（妄想の中で）会話に花を咲かせ、（妄想の中で）夕食デートを取り付けた俺の元へやってきた魔法使いの少女。

しかし、パーティーか。

彼女は俺を尊敬していると言っていた。つまり、俺についてある程度の事前知識は持っているはず。

それでも誘ってきたのだから、それを考慮したうえで俺と組む価値を見出《みいだ》している。

新人冒険者《ルーキー》が上級冒険者と組むのは定石ではあるが……ここは様子見だな。

「わかった。でも、その前にお互いの担当受付嬢に話を聞いてもらおう。君の担当は？」

「あっ、えっと、きれいなエルフのお姉さんです！」

「君は実に素晴らしい感性をしている。ぜひ組もうか」

「ぴえっ」

「なに勝手に話を進めているのですか、あなたは」

「んごふっ⁉」

脳天に突き刺さるアリサさんのチョップ。その威力は引退した今でも衰えていない。

全身に迸《ほとばし》る痛み……これが愛の鞭……！

「変態さんは放っておいて……フィナさん。少し待っておいてくださいと話したはずですが」

「す、すみません。ご本人が見えたら、つい身体が動いちゃって……」

「……仕方ありません。では、お二人とも私についてきてください」

アリサさんの愛に酔いしれている俺と少女は顔を見合わせる。

言われるがままにアリサさんについていった俺たちが通されたのは、ギルドの二階に設けられた相談用の個室。

テーブルを挟んで、件《くだん》の少女と向かい合っていた。

……なぜか、相手側にアリサさんがいるけど。

「結論から申しますと、レイジさんと組むことはおすすめしません」

「ふえっ⁉　なんでですか⁉」

「そうだそうだ！　俺だって新人教育くらいできます！」

「黙りなさい」

「はい。静かにします」

俺はアリサさんに限っては、イエスマンだ。

彼女が白色と言えば、ゴブリンでも白色と答える。

そんな俺を見て、明らかにため息を吐いたアリサさんは少女を諭すように話す。

「彼が【不屈の魔拳士《バーサーカー》】と呼ばれているのは知っていますか？　まだ初心者のフィナさんと組むには危険な相手です」

「し、知っています！　私、レイジさんのファンなんです！」

「は？」

眉を顰《ひそ》めるアリサさん。

その反応に悲しくなるが、名をフィナという少女は続ける。

「レイジさんは最初からずっとソロで活躍されていて、ずっと憧れだったんです！」

「…………」

「Cランクになるには普通は何年もかかるって聞きました！　でもレイジさんは1年で、そこまでたどり着いてすごいなって！」

……嬉しいな。

見てる人は見てくれているというか、思わず胸にトキメキを感じた。

「だから、レイジさんしかいないって思ったんです！」

熱弁に涙腺が緩くなる。

あれ……？　俺ってこんなに涙もろかったっけ？

「魔法学院でぼっちだった私が強くなるには、同じぼっちのプロであるレイジさんに師事するしかないと！」

「決めた。もう君とはパーティー組まないから」

「えぇっ⁉」

心底不思議そうな顔がむかつく。

どうか俺の感動を、涙を返してほしい。

まさかそんな風に尊敬されているとは微塵《みじん》も考えなかった。

どうにか取り繕うため彼女が弁解しようとするが、アリサさんに手で遮られる。

頭を悩ませるアリサさんはめげずに説得を再開した。

「フィナさんの事情は置いておき、彼の魔法は少しばかり特殊です。あなたにとって何も得る物がないまま終わるかもしれません」

「承知の上です！　それに一人で寂しい時の心構えとか、教えていただくことはたくさんあります！」

悲しいかな、フィナの決意は固い。

俺もまったく嬉しくない。

「……彼は変態です。純真無垢《むく》なあなたと組ませるわけにはいきません」

「それなら大丈夫ですよ。俺、アリサさんにしか興味がないので」

俺にはアリサさんしか見えていない。

あの日あの時、彼女に魅了されてから十数年。ずっと変わらずに磨き、積み重ねてきた想《おも》いだ。きっとこれからも変わらないと断言できる。

とにかく俺はアリサさんが好きだ。

それだけは伝えておきたかったので思わず割って入ってしまった。

また罵倒が飛んでくるかと待機したが、鋭利な返しはやってこない。

おそるおそるアリサさんの様子をうかがうと、彼女は目を見開いていた。

「……貴方《あなた》という人は本当に……」

「アリサさん？」

「何でもありません。……レイジさん、もう一度聞きましょう。あなたは仲間を持つ、それも弟子のような立場である彼女とチームを組む覚悟はありますか」

「あります。悲しい思いは誰にもさせません。アリサさんのように立派な先生になってみせます」

アリサさんをまっすぐ見つめ返す。

大丈夫です、安心してください。あなたが心配してくれているのはわかる。

だけど、もう俺は子供のままじゃない。成長した姿を見ていてください。

「……フィナさん」

「一生懸命頑張ります！　レイジさんと組むために冒険者になったんですから‼」

身を乗り出す、その勢いにアリサさんは一瞬たじろぐが、ゴホンと咳払《せきばら》いをして姿勢を正した。

「……わかりました。そこまで言うのならば、私から問題視はしません。こういう運命に身を任せるのもいいでしょう」

「それじゃあ……！」

「はい。ギルド職員として、お二人の担当として、パーティーを承認します」

「やった！」

手を上げ、全身で嬉《うれ》しさを表現するフィナ。

そんな彼女を見て、アリサさんは優しいまなざしを彼女に送る。

アリサさんが決めたなら俺がいまさらひっくり返すこともない。

「書類手続きは済ませておくので、あとはお二人で。ここを出る際にまた私に声をかけてください」

「ありがとうございます、アリサさん！」

そう言うと、アリサさんはさっさと部屋を出ていく。

余韻に浸っていたフィナはアリサさんにお礼を告げると、改めてこちらに向き直った。

帽子を正して、ギルドカードをテーブルに置く。

「フィナ・リリーノ！　15歳、魔法使いです！　駆け出しですが、どうぞよろしくお願いします、師匠！」

予期せずして、俺に初めてのパーティーメンバーもとい弟子が出来たのであった。

† † †

本日も快晴。絶好のお出かけ日和だ。

こんな日にアリサさんとデートをできれば、どんなに幸せだろうか。

爽快な風が吹く平原で、彼女の手作り弁当を頬張るのだ。

麦わら帽子に水色のワンピースを着てもらって、笑顔を振りまいてもらいたい。

コンディションだけでなく、妄想でも今日の俺は絶好調。

胸に素晴らしい光景を浮かべてドアをくぐる。

むさくるしい男どもが立ち並ぶ中に一人だけ神々《こうごう》しく輝く場所があった。

あまりの眩《まぶ》しさに一般人は近寄ることすら阻《はば》まれるのか、人っ子一人いない。

俺は迷うことなく、その窓口を使う。

「こんにちは、アリサさん。あなたの顔を今日も見に来ました」

「こんにちは、変態さん。本日のクエストはどれにしますか？」

「じゃあ、報酬でアリサさんをもらえるクエストを一つ」

「…………」

「報酬でアリサさんをもらえるクエストを」

「しつこい男性は嫌いです」

「昨日頼んでおいたフィナと一緒に受けられるクエストでお願いします」

「最初からそう言ってください。こちらが事前に確保しておいたクエストです」

あの後、翌日からパーティーの活動をスタートさせることが決まった俺はアリサさんに頼んでフィナが経験を積めるクエストを事前に確保しておいてほしいとお願いしていた。

普段なら拒否される行いだが、そこは俺の冒険者ランク《普段の行い》がものを言う。

支部長にも話を通しており、今回は許可をもらっている。どうやらフィナも将来が有望な新人らしい。

アリサさんが担当になったのも俺とスムーズに組ませるためだったとか。

先日、アリサさんが支部長室に赴いたのは俺のセクハラを訴えるためではなくフィナについて呼び出されただけだったらしい。

「どうでしょう？　彼女は魔法を得意とするようですし、まずは成功体験を得るためにも野良《のら》ゴブリンでいいのではないかと」

「同じ意見です。なにより彼女には自信をつけて欲しい。少し話しただけですが、どうも自分を卑下する癖があるので」

「……！　ええ。彼女には自分の実力を正確に認識してもらわねばなりません」

「もし天狗《てんぐ》になってしまっても俺なら矯正できます。過去に経験済みですから」

「そういえばいましたね。魔法を覚えて調子に乗って、私に怒られたバカな子が」

「ははっ、立派に成長して愛と夢に生きてます」

「私は教育方法を間違えてしまったかもしれません。あの時の子供の告白がここまで続くとは……」

ジトっとこちらを見つめると、アリサさんにこめかみを指でグリグリとされる。

ああ、懐《なつ》かしい。あの頃はこうやって生意気するたびにアリサさんに怒られたっけ。

……あの事件さえなければ、彼女とこんなやりとりをする日常があり得たのだろうか。

アリサさんが冒険者を引退することになった魔王軍との戦いによるパーティー全滅さえなければ……。

「……どうかしましたか？　珍しく大人しいですね」

「……いえ、どうやったらアリサさんが振り向いてくださるか口説き文句を考えていまして」

「一生来ない未来に時間をかけないで、もっと違うことをしなさい。あなたならば王都でも活躍できるでしょうに」

「お断りします。俺は諦めませんよ、アリサさん。あなたを幸せにするのが俺の夢ですから」

「……そう、ですか」

彼女は彼女で譲らない想いがある。

俺は事件の概要を知っただけで、自ら引退という選択肢を選んだ彼女の気持ちはわからない。

アリサさんの口から聞けるまでは俺が適当に語るべきではないことだ。

それと同時に俺にも意地がある。

この想いは助けてもらった恩だとかではない。

一目ぼれし、共に過ごした時間で想いを深め、ずっと育ててきた。

互いに視線を逸《そ》らさず、無言の空気が流れようとしたが、それはもう一人の来訪者によって破られた。

「おはようございます、師匠！　アリサさん！」

弾む天真爛漫《てんしんらんまん》な笑顔。見ているこちらまでほんわかとさせる。

重く沈みかけていた雰囲気も霧散して、俺もアリサさんも微笑《ほほえ》みを浮かべた。

「おはようございます、フィナさん」

「おはよう、フィナ。待ち合わせよりちょっと早かったんじゃないか？」

「えへへ、楽しみでなかなか寝付けなくて……お二人はどんな話をしていたんですか？」

「ああ、アリサさんと俺の将来設計について話し込んでたところさ」

「息をするように嘘《うそ》をつかないでください」

「アリサさんは照れ屋さんだなぁ」

「なるほど……これがソロでもやっていける図太い神経。勉強になります！」

煽《あお》ってるのだろうか。いや、これが彼女の素の性格なのだろう。

ただただ純粋なだけなのだ。どんな生き方をすれば、こんなきれいなままに育つのか疑問を持つほどには。

「もう雑談は終わりです。気をつけていってらっしゃいませ」

そう言ってアリサさんは頭を下げる。

これ以上ここに張り付いていても好感度が下がるだけなので、ちゃんと離れよう。

しつこくアタックするだけではダメ。時には引くことが大切なのだと本で読んだ記憶がある。

「よし。それじゃあ、さっそくクエストにでも行ってみるか」

「はい、師匠‼」

元気いっぱいの返事がギルドに響く。

「おいおい、次はロリコンでも目指すのか？」

「年端《としは》もいかない女の子に手を出すなんて……」

「さすが変態。えげつねぇぜ」

となれば注目を浴びて、また俺の悪評が流れるわけだ。

「……フィナ。返事は普通にしてくれていいからな」

「わかりました！」

「何もわかってねぇだろ、お前」

「す、すみません。大きな声じゃないとクラスメイトに気づいてもらえなくて……。つい癖でやっちゃいました」

「すまん、俺が悪かった。これからはどんな時でも反応するからな」

「えへへ……ありがとうございます」

この子には優しく接してあげよう。

【ぼっちウィッチ】とか二つ名考えていてごめんな。

心の中で謝罪した俺は彼女とパーティーをやっていくうえで、もっとフィナのことを知る必要があるみたいだ。

「フィナは魔法学院生だったんだよな？」

「そうです！　そこで冒険者になった先輩である師匠の噂《うわさ》を聞いて、私も冒険者を目指しました！」

確かに俺の名は別の意味で有名になっているだろうな。首席卒業で魔法省に入らなかった人間は俺が初だったから。

まさかそのあとを引き継ぐ後輩が現れるとは思わなかった。先生方に恨まれていないか心配である。

「よーし、フィナ。今後の方針を立てるためにも、だいたいでいいから学院時代の成績を教えてくれ」

「い、一応、首席です。勉強しか取り柄がないので……ど、どうでしょうか？」

「魔法はどのレベルまで使える？」

「えっと……雷系が得意で第三節まで。他は第一節ならカバーしている感じです」

「そうか。凄《すさ》まじいな……」

「そ、そうでしょうか」

「ああ、誇っていいことだ。その年齢でできる芸当じゃない」

支部長が自ら期待していると話すだけのことはある。

思わぬ才能との出会いに感動を覚えていると、フィナは褒められて顔をほころばせていた。

「努力が実って嬉《うれ》しいです。友だちと遊ぶこともなかったので、ずっとお家《うち》で勉強していた甲斐《かい》がありました！」

「今度、一緒にご飯食べに行こうな！　買い物とかもしよう！　遊びに行くのもありだな！」

「本当ですか⁉　嬉しいです‼」

俺の提案にフィナは瞳を輝かせて何度もうなずく。

なにはともあれ、方針は決まった。

「フィナ。冒険の準備はできているか？」

「ちゃんとバッグに入れて持ってきました！」

そう言って彼女は背負っているリュックサックを見せてくれる。

それなら特に言うことはない。

俺たちはパーティーとして初めてのクエストに赴くことにした。

† † †

世の中に蔓延《はびこ》る魔物たちだが、奴らにも多くの種族が存在する。

よく見かけるのはスライムやゴブリン。地域によってはフライ・ビーやロック・ゴーレムなど。今回もゴブリンといわゆる初心者向けの魔物がクエスト対象だ。

さらに生息地によって魔物の強さも変わってくる。基本的にダンジョンに生息する魔物よりも野良と呼ばれる魔物の方が弱い。

ゆえに初心者たちはまず野良を狩るクエストから経験を積んでいく。

そこから討伐するクエストランクも上げていき、ダンジョンへと潜って徐々に難易度を上げていくのが冒険者の王道とされる。

ちなみに時折、野良にもDランク相当の魔物が現れたりする。ダンジョンから抜け出して、野生になったパターンだな。

俺のアヴァンセでの役目は主にそいつらの狩りか誰も手を付けない余りクエストの処理だ。

「いいか。今回のゴブリンは正直言ってフィナの相手じゃない。だけど、油断したらあっさりと命を奪われるのが戦いだ。気を引き締めるように」

「わかりました……！」

「でも、魔物と戦うのは初めてだろうし俺もサポートするから、フィナの魔法の実力を見せてくれ」

「はい！　ドカンとやっちゃいます！」

やる気十分なのはいいが、肩に力を入れすぎだな。

目的地までまだあることだし、緊張をほぐす意味でも雑談でもしようか。

「そういえばフィナはどうして冒険者になったんだ？　まさか本当に俺を追いかけてきたわけじゃないだろう？」

「……？　本当ですよ？」

「えっ……」

「私はずっと一人ぼっちだったので師匠の強さがあれば人生が楽しくなると思ったんです！」

それからフィナは感情豊かに語りだす。

昔から影が薄くて、なぜか誰にも認識されず、勉強だけが友だちだった過去。

いつもテストで一位を取った時だけ注目されて、それが唯一の楽しみだったこと。

高等部に進めば友だちができると思っていたけど、そんな現実はなく、一人寂しく帰る日々。

「おお、もう……」

聞いているこっちがいたたまれなくなってきた。

たどたどしくも、フィナは喋《しゃべ》ることをやめない。

きっと誰かと話すのが楽しいんだろう。どんな内容でもニコニコしてる。簡単に騙《だま》されちゃいそうなレベル。この子は守らねば……！

そう思わせる純粋さがあった。

「でも、そんなときに師匠の噂を聞きました。一人で狩りを行う凄腕《すごうで》の新人が現れたって。それから師匠について調べていたら、いてもたってもいられなくて……学院を卒業した後、冒険者になりました！」

「首席卒業だったんだろ？　大丈夫だったのか？」

「お母さんもお父さんも背中を押してくれました。フィナがやりたいことをしなさいって。だから、私、後悔もしていません。だって、憧れの師匠と冒険をしているから！」

「フィナ……」

なんて純真無垢《むく》な子なんだろうか。

それでいて、ちゃんと覚悟を決められる芯の強さも持った、彼女は立派な冒険者の卵だ。

冒険者を始める理由なんて、なんでもいいのだ。

俺はアリサさんと結婚するため。

フィナはぼっち脱出のため。

誰にも譲れない想《おも》いがあるならば、きっとそういう冒険者は大成する。

フィナの決意に胸打たれた俺は片膝をつくと彼女の両手をそっと握った。

「フィナ。これから俺たちはずっと一緒だ。フィナが嫌だと思う日まで俺は（師匠として）隣に居続けよう」

「……ふぇっ!?」

「だから、二人で頑張っていこうな！」

「は、はい……。末永くよろしくお願いします……」

「ん？　顔が赤いぞ？　まだ緊張してるのか？」

「い、いえ！　大丈夫です！　クエスト頑張りましょう！」

「よし！　その意気だ！」

どうやら適度に緊張もほぐれてきたようだ。

草原を歩き、森林に近づいてきた。

目撃情報はこの辺りで出ている。道具を使って、おびき出すとしよう。

「師匠、それは？」

「若い女性特有の匂いを染《し》み込ませた布。これを置いて風魔法で森へ向けて匂いを流してやると……【風術《ウィンド》】」

ゴブリンは若い女の肉を好む。

もちろんそれ以外にも狙う目的はあるのだが、わざわざフィナの前で言う必要もないだろう。一般常識だからな。

俺が使っている布は冒険者の間では当たり前のように取引されている道具だ。

だから、フィナ。ちょっと引いた目で見ないでくれ。

説明を怠った俺も悪いけど……！

「ゴホン！　……ほら、出てきたぞ」

ガサガサと茂みから顔を覗《のぞ》かせる3匹の醜い亜人。数は依頼書に記載されているとおりだ。

ゴブリンは仲間意識が強い。群れをなさずに行動しているのは上位種だけ。

「フィナ。魔法の準備を。俺が合図したら、好きな魔法をぶっ放していい」

「師匠はなにを？」

「俺は前線に出て、あいつらの足止めだ」

魔法を使うのに必要な媒体——魔石。これが魔力を超常現象を引き起こす力に変換する。

俺は蒼《あお》と翠《みどり》の魔石が埋め込まれたグローブをはめる。

フィナもゆるふわした雰囲気こそ変わらないが、杖《つえ》を握る手には力が込められていた。

「俺が飛び出したら魔法を撃つ準備をするように」

ゴブリンが匂いの正体に気づく前に勝負を仕掛ける。
３、２、１……。
「ゴー‼」

「フィナ・リリーノ、行きます！」

杖をクルクルと回すと、黄の魔石がはめ込まれた先端を空高く掲げる。

彼女の魔力が凝縮し、一点に集まっていくのがわかった。

本当にどでかい魔法を撃つつもりだな、これは。

『ッ！』

魔力の奔流に気が付いたゴブリンがこちらに振り向く。

逃がすわけにはいかないので、奴らめがけて駆け出しながら足止めの魔法を放つ。

「【水の精よ、大地に恵みを広げろ──水術《レイン》：円散《エリア》】」

ゴブリンたちの足元に多量の水溜《みずた》まりが出来上がる。

今回はあくまで足止めがメイン。

『ギャッ⁉』

俺を迎え撃とうと走り出した奴らは足を滑らせて盛大に転んだ。

ただのゴブリンは悪知恵は働くが、基本的に脳みそはクソだ。

だから、こうして搦《から》め手《て》を使ってやれば簡単に主導権が取れる。

「【乱れ切り裂け──風術《ウインド》：風乱刃《スライス》】」

撃ち出された風の刃は容赦なく命を刈り取る。

2匹はなんとか身体《からだ》を転がして避けたが、頭を打ってふらついていた個体の首は呆気《あっけ》なくすっ飛んだ。

『グルァ！』

「ふん！」

仲間の死に怒った1匹が木の棒を振り回して突進してくるが、顔面を蹴り飛ばして距離を取る。

フィナのためにこいつらは生かしておかねばならない。

『グギャァ！』

「うるさい口は封じておこうか。【水術：円散《レインエリア》】」

無詠唱魔法。正式な手順を省略する分、威力は落ちるが展開の速度は速くなる。

今度は奴らの頭上から身体を濡《ぬ》らすように降り注ぐ水。

もちろん、これで終わりじゃない。

俺はあの【氷姫《ひょうき》】の弟子。もちろん最も得意としているのは水魔法と風魔法を融合させた氷魔法！

「【風術：激風《ウインドバースト》】。これで凍りつきな」

『グギ……ギャ……イギ……』

手から放たれた強烈な魔力がこもった風によって、ゴブリンの身体に付着した水が氷へと変化して自由を奪っていく。

急激に低下した体温。奴らの動きは鈍り、逃げることもできない。

ゴブリンたちはここでようやく気付いただろう。

自分たちは命を狩られる側で、人間《えもの》たちに騙されたのだと。

いつもならこのまま拳で首をへし折っているところだが、今日はそうもいかない。

「安心しろ。きっと俺よりも一瞬であの世に送ってくれると思うぜ、あの子がな」

ゴブリンたちの目が見開く。

俺の後方。待機命令を出していた彼女は俺とゴブリンがやりあっている間、ずっと魔力を練っていた。

あの小さな身体のどこに隠されていたのかと疑うほどの魔力量。

俺でさえビリビリと背中に圧を感じている。

もうこれ以上準備の時間は必要ないだろう。

「いいぞ！　ぶちかましてやれ！」

俺の声にうなずくと、フィナは幼さ残る声で詠唱を始めた。

「【空にて轟音《ごうおん》を奏《かな》でる鬼よ】」

どの魔法を発動させるのか特定させる第一節。

「【我が魔力を贄《にえ》にして、雷《いかずち》を降らせよ】」

対価を支払い、願いを要求する第二節。

応えた魔石は彼女にこの世のものとは思えない力を与える。

広がる黄色の魔法陣。

幾何学模様は光り輝き、空へと伸びる。

「【堕《お》ち、貫き、命を奪う。自然の驚異を解き放ちたまえ】！」

そして引き起こす超常現象の威力を定める第三節。

この世界の魔法は第一節、第二節、第三節……と詠唱に必要な節の数だけ、必要な魔力量も魔力制御の技術も必要になる。

節が多ければ威力もけた違いに変わるのだが、当然詠唱の難易度も難しくなる。

第三節ともなればCランク冒険者でも自由に扱える者は少ない。

たとえ一属性だとしても第三節階級の魔法を使えると断言できるのは、それだけで凄《すさ》まじい才能だ。

すべての詠唱を終えたフィナは掲げた杖でトンと魔法陣の中央を叩《たた》いた。

「――【空鬼の遊雷《サンダーボルト》】」

刹那、視界が雷光に照らされる。

耳を劈《つんざ》くような爆音を鳴らして、紫電がゴブリンへと降り注ぐ。

ちっぽけな命は大いなる力の前では無力にすぎない。
抵抗すら叶《かな》わず、奴らは醜い顔が視認できなくなるほどに黒焦げていた。
「どうですか、師匠！　私が使える最高階級の魔法の威力は！」
ドヤ顔で、俺の反応をうかがうフィナ。
確かに威力はとてつもないものだ。
雄大な大地がえぐれてしまうほどには。
魔法が落ちた周囲は緑が黒く焦げ、土がむき出しになっている。
間違いなくやりすぎだった。
「どうですか？　どうですか？」
嬉々《きき》として、近寄ってくるフィナ。
褒められたくて仕方がない様子で、左右に揺れる尻尾を錯覚した。
俺が好きな魔法を使えと言ったので何も苦言は呈せない。
乾いた笑いを絞り出し、常識はずれの弟子の頭を撫《な》でた。
「えへへ……」
その笑顔はふと懐《なつ》かしい過去を想起させた。
ああ、まるで昔の自分を見ているようだ。

ふと蘇《よみがえ》る思い出を懐かしみつつ、次に彼女にかける言葉を考えるのであった。

† † †

「【水の精よ、大地に恵みを広げろ——水術《レイン》：円散《エリア》】‼」

空から大量の水が降り注ぎ、滝壺《たきつぼ》で大きな水しぶきがあがる。

空には虹がかかり、宙に舞った水滴が日光を浴びて煌《きら》めていた。

「どうですか、アリサ先生！　俺の魔法の威力は！」

教えてもらった魔法を大成功させた俺は褒めてもらいたくて、アリサさんに尋ねる。

振り返れば岩に座って一部始終を見ていた大好きな人が微笑《ほほえ》みを浮かべていた。

さきほどの景色に負けないくらいきれいな金色の髪がふわりと舞う。

「ええ、素晴らしい出来ですね」

「でしょう⁉　これで俺もアリサ先生みたいに強くなれるかな⁉」

「ふふっ、レイジさんは才能がありますから十分に強くなれますよ。ですが、そのためにはまだまだ学ぶ必要もあります」

例えば、とアリサ先生は続ける。

「【水術《レイン》：円散《エリア》】はあまり広域で使う場面はありません。風魔法で相乗させて凍らせたり、相手の火系魔法を打ち消したり……きちんとその魔法の存在意義を考えてあげましょう」

「一気にドバーンってぶっぱなした方がよくないですか？」

「冒険者は強いだけでなく、連係も大切にしないといけません。冒険者は一人では限界が来ますから」

「へぇ……アリサ先生もそうだったんですか？」

「…………」

あっ、無言で目を逸らした。

「おーい、アリサ～。そろそろ出るよ～」

そうこうしているとアリサさんのパーティーメンバーが迎えにやってきた。

「どうやら今日はここまでですね。私たちはダンジョンに行かねばなりません」

「ダンジョン！　格好いい！」

「格好いい……そう言えるなら冒険者の素質がある」

「本当に!?」

「恐怖を飼い慣らす。ただ恐れるのではなく、楽しむ。これが冒険者に必要な心持ちです。すでにレイジさんにはそれが備わっているようだ」

そう言って、アリサ先生は俺の頭をぎこちない手つきで撫でてくれる。だけど、この温かさが俺は好きだった。

「そうだ。今度はどれくらいで帰ってこれるんですか？」

「少しばかり長期になりそうな依頼です」

「えぇっ⁉　じゃあ、俺の特訓はどうなるんですか⁉」

「普段教えていることの反復練習です」

「えー。また基礎練習？　つまんない……アリサさんにもっと教えてもらいたいのに……」

「ふふっ、それは違いますよ。あなたは優秀なので私がいない間もしっかり言いつけを守るだろうと信頼しているんです」

微笑むアリサさんは表情に違わぬ優しい手つきで頭を撫でてくれる。

それだけで俺はずっと生きていけるようなエネルギーが腹の底から湧いてきて、ブンブンと頭を上下に振った。

「……っ！　やる！　ちゃんとやる！」

「あ～あ、アリサったら……」

「さすが天然タラシね……」

「あらあら。レイジくん、お嫁さんをちょっとだけ借りるわね？」

「大丈夫です！　いくらでも待てます！」

「からかわないでください、ったく……」

アリサさんの仲間の人たちがクスクスと楽しげに笑う。アリサさんも口ではそう言っているけど、声に負の感情はこもっていなかった。

村を救ってもらったあの日から、なじみになった素敵な日常のワンシーンで。今からみんなが帰ってきたら盛大に迎えようと考えていた。

「ごほんっ。……とにかく帰ってくるまでの間もさぼらないように。戻ってきたら次のステップへと進みましょうか」

「ほんとっ⁉　俺、ちゃんと待ってるから！」

「大丈夫。必ず帰ってきますよ」

「約束ですからね⁉」

「ええ、約束です」

アリサさんが小指を立てて差し出してくる。

照れくささよりも喜びが勝っていた俺は素直に指を絡《から》ませる。

「では、行ってきます」

「うん、いってらっしゃい‼」

アリサさんたちの後ろ姿が見えなくなるまで、手を振り続ける。

指にはまだあの人の感触と温かさが残っていて、俺はとても幸せだった。

そして、その日以降、アリサさんが村に帰ってくることはなかった。

それでも俺は彼女の言い付けを守り続けた。そしたら、いつかフラリとあの笑顔を見せてくれるんじゃないかと期待して。

やがて年齢も身体《からだ》も大きくなって、俺は待つばかりの日々をやめることにした。

当然、諦めの選択などない。ならば、自分から捜すしかない。

俺はあの人に教わった魔法をより学ぶために、王都にある魔法学院へと入学した。

完全実力主義の校風はピッタリで田舎者の俺も実績を残せばすぐに受け入れてもらえた。

アリサさんの教えが良かったのだろう。新しい知識と技術を吸収すればするほどグングンと実力は伸びた。

そうして過ごす中でアリサさんに似た人物の目撃情報を片っ端から当たっていた。だけど、ついぞ卒業までに再会は果たせなかった。

アリサさんを捜すために身軽な冒険者へと道を進めた俺は金髪のエルフの受付嬢がいるという情報を摑《つか》み、アヴァンセという街へと向かった。

一日でわかった。

髪も、目つきも、姿勢も、声も、体形も何一つ変わっていない。俺の思い出の中のままの、追い求めた大切な人。

だけど、ただ一点。

あの日、笑顔で別れたアリサさんは——とても冷たい瞳をしていた。

† † †

「わぁ……！　これがクエスト報酬！　私が稼いだお金……！」

自分の掌《てのひら》に載せられた銀貨をキラキラとした目で見つめるフィナ。

今回のクエストの報酬は全部彼女のものにした。

俺はお金に困っていないし、初めてのクエスト達成記念だな。

いい意味で誤算だったのは彼女はもっと上のランクのクエストを受けても通用すると判明したこと。

いきなりCランククエストに帯同とはいかないが、Dランクなら俺が一緒なら受けても構わないだろう。

もちろんアリサさんとも打ち合わせはするつもりだが。

「今日はありがとうございました！　明日からもお願いします！」

「おう。今日と同じ時間にここで待ち合わせだ」

「わかりました！　では、失礼します、師匠！」

「じゃあな。しっかりケアをしておくんだぞ」

「はーい‼」

俺はフィナの姿が見えなくなるまで、手を振り続ける。

……あの子、何回振り返るんだろう。

いや、約束ごとが嬉《うれ》しいとか、誰かに見送られるのが新鮮だとか理由の見当はつくけどさ。

本人に聞かなかったのはファインプレーだな。

彼女の過去話は精神衛生上あまりよろしくない。

「……驚きました」

ボソリと呟《つぶや》いたのは俺が占領している受付窓口の主、アリサさん。

朝こそクエストの取り合いになるのでどの受付窓口も行列ができるが、夕方にでもなれば話は違う。

基本的にアリサさんのもとに来る冒険者はいない。

なぜなら、奴らはうまい酒と優しい女が好きだからだ。

冒険者はクエストから帰ってきたら笑顔で癒《い》やされたいのである。

俺もアリサさんの笑顔に癒やされたいので、ちょっとした小粋なジョークでも挟もうか。

「驚いたって……俺が実はイケメンだったたってことにですか？」

「…………」

「無言だけはやめてくれませんか」

「……あなたがここまで懐《なつ》かれるとは思っていませんでした」

「これでも学院時代も後輩の面倒を見ていたりしてたんですよ。卒業式にはお祝いの花束なんかももらいましたし」

「なるほど。いつも通り私へ向ける求愛態度も変えていなかったので流石《さすが》に幻滅されると予想していましたが……間違いだったようです」

「今日、いつもより罵倒にキレがありますよね。気のせい？」

「…………」

このスルーである。

フィナに向ける優しさをちょっとでもいいので俺にも割いてほしい。

それだけで俺はダンジョンを最下層まで攻略してくるだろう。

アリサさんの応援があれば魔王も倒せる気がした。

それはそれとして、アリサさんには偽らざる本心を伝えておく。

「誰にでもちゃんと向き合う時は真剣でいますから。昔、自分にいろいろと叩《たた》き込んでくれた最も尊敬する人のように」

「……そうですか」

「ええ。彼女はたくさん友達が欲しいみたいなので絶対に百人作らせてみせます。そのついでに彼女を世界有数の魔法使いに育てます。レイジ・ガレットの名に懸けて」

「………………」

「フィナはもっともっと伸びます。今は強力な魔法に頼り切ってしまっていますが、状況に見合った魔法の判断ができるように――」

師匠とまで呼んで、あんなに慕ってくれるのだ。

どんな怠け者だって真摯に向き合おうとするだろう。

預かったからにはフィナが自慢できる師匠でいようと思った。

俺がアリサさんにしてもらった時の真似《まね》さ。俺という男の根幹はアリサ・ヴェローチェに染められている。これを変えることは簡単にはできないと確信を持つほどに。

そして、それは俺にとっての誇りだ。

「……あなたは昔から愚直に真《ま》っ直《す》ぐな人でしたね」

「ははっ、ようやく思い出してくれ――」

――ましたか、と続きは紡《つむ》げなかった。

アリサさんが口元に手を当てて、微笑《ほほえ》んでいたから。

瞳に映った、彼女のずっと恋焦がれていた姿に心を奪われる。

錯覚かと思い、目をこするが……。

「私の顔に何かついていますか？」

いつもの冷嬢がそこにはいた。

「……いえ、なんでも」

「では、私も業務に戻ります。お二人の結果をまとめなければいけませんので」

無理に話を切り上げ妙な早口で喋《しゃべ》る態度はまるで恥ずかしいから言及するなと言われているみたいで。

俺はついおかしくて、笑みをこぼしてしまうのであった。

「なに一人でニヤニヤしてんの。怖いんですけど」

「……さて、アリサさんも中に引っ込んでしまったし、俺もそろそろ帰るか」

「へぇ、無視するなんていい度胸じゃない……！」

「わかった。話を聞くから肩を離せ。指が肉に食い込んでるぅぅぅぅ!?」

アリサさんと入れ替わる形で話しかけてきたのはミリア。

こいつはいつもタイミングでも見計らっているかのように現れる。

せっかくいい気持ちだったが、それを口にするとまた怒りを買いそうなので彼女が話題を切り出すのを待つことにした。

「あんた、パーティー組んだんだって？」

ミリアがニヤリと意地の悪い笑みを浮かべる。

おもちゃを見つけた子供みたいだ。

「それも年下の女の子って聞いたけど？　いつから趣味が変わったのよ」

「いや、俺はアリサさん一筋だぞ。フィナは才能あふれる子だからな。一緒に組むことにした」

「なーんだ。面白くないの。でも、レイジがそこまで言うってことはよっぽどなんでしょうね」

「それに勉強熱心で素直だ。スポンジみたいに新しいことを吸収していく」

「ふーん……名前なんだっけ？」

「フィナ・リリーノ。1年もしないうちに、俺と一緒に有名になると思うから覚えておいてくれ」

「フィナね、りょーかい。その子もアリサさんの担当？」

「パーティーメンバーは同じ受付嬢に担当してもらった方が都合いいのは知っているだろ？」

「それはそうだけど……。そんなに有望ならアタシが先に声かけてたのに。つくづくツイてないわ」

ぷくっと頬を膨らませて頬杖《ほおづえ》をつくミリア。

こればっかりは運だからな。もちろん担当受付嬢を指名することもできるが、ほとんどの冒険者は初めて相手をしてくれた人がそのまま担当になる。

ちなみにミリアはこのギルドでわずか1年という短い期間でトップに立ったやり手。

俺相手には手厳しいが、どうやら他の男の前では猫かぶりをしているらしい。

ふっ、小賢《こざか》しい女。

「ねぇ、ちょっとむかついたからビンタしていい？」

「どうして許可が出ると思ったのか教えてもらいたいくらいだ」

「だってレイジってすぐ表情に出るし……失礼なこと考えているってすぐにわかったもの」

もしそれが本当なら、俺が『アリサさんは今日も可愛《かわい》いな』とか『書類を見つめる姿も麗《うるわ》しい』などと考えていることも筒抜け、ということになる。

……あれ？　別に気にすることでもないな。

これくらい普段から直接伝えてるし……うん、ヨシ！

「……またキモいこと考えてる」

「ひどくない？」

どうして俺の周りは冷たくあしらう人が多いのか。

フィナを見習ってほしいものだ。あいつはナチュラルに煽《あお》るところがなければ、何でも楽しそうに反応してくれるいい子なんだぞ。

「……話はそれだけか？　俺も用事があるからそろそろ解放してほしいんだが」

「用事？　こんな時間から？」

「ああ。アリサさんがそろそろ退勤の時間だから職員用の出入り口で張り込む必要があるんだ」

「なんでスケジュール把握してるの？　本当に気持ち悪いんだけど……」

「本人公認の変態だから安心してくれ」

「どこに安心の要素があるのか、ぜひ教えてほしいところね」

毎日アリサさんに会いたくてギルドに通ったおかげで取得した情報だ。

アリサさんは月末にまとめて休むことが多い。

その前日は定時より早くに帰宅するのが決まりになっている。

「はぁ……その行動力をもっと他に活《い》かせないの？　王都での活動に集中すればレイジならSランクまで到達すると思うけど？」

「流石にそれはお世辞が過ぎないか？」

「これでもあんたの実力は知っているつもりよ。魔王だって倒せるかもしれない」

「魔王か……」

冒険者になってからも、魔王討伐なんて考えたこともなかった。

とにかく俺の人生の第一はアリサさんとの幸せな生活なのである。

そのためには魔王よりも討伐したい奴がいる。

無意識に拳に力が入った。

「そうそう。魔王軍の幹部に動きがあったって、王都ではすごい噂《うわさ》なんだから」

目をキラキラと輝かせるミリアの語りは続く。

「幹部の懸賞金もすごい額だもの。一生は遊んで暮らせるでしょうね。もし、レイジが倒したら……彼女に立候補してあげてもいいわよ……なんて」

「……守銭奴」

「ち、違うわよ！　ただ、私は純粋に……」

「純粋に……？」

「……なんでもない。幹部を倒せば、誰でも格好よく見えるんでしょうねって話」

プイっと顔を逸《そ》らすミリア。

彼女は麗しい見た目から学生時代もよく男子から告白されていたが、3年間で誰にもなびかなかった女性だ。

そのミリアですら幹部を倒せば格好いいと思う、それはつまり。

「……アリサさんも俺のことを好きになってくれる可能性が……？」

「ないわ！　ゼロよ、ゼロ！」

ですよねー。

つい先日、自分も似たような結論を出したばかりじゃないか。

アリサさんはうわべの評価だけでは惚《ほ》れてくれない。

助言してくれた彼女には悪いが、今の俺が達成すべき目標にはあまり関係がなさそうだ。

魔王だの幹部だの、そういうのは後回しだな。

それに今はほかにやりたいことがある。

フィナが頑張っている姿を見て、俺もまた奮い立たされた。

今まで遠慮していたけど、少しだけ踏み込んでみたい。

「あっ、そうだ。今晩、空いているんだけどご飯行かない？」

「すまん。この後用事があるんだ。また今度誘ってくれ」

「……はぁ。はいはい、お疲れ様。逮捕されないようにね」

Quest-4 俺たちの帰る場所

恋に生きる俺の朝は早い。

なぜなら、ギルドを開けるのは必ずアリサさんと決まっているからだ。

今日も一番乗りで鍵がかかったドアの前で待っていると、愛《いと》しの君がやってくる。

あっ、冷えた手に息を吹きかけるアリサさん可愛い……。

「おはようございます。いい天気ですね。デートしませんか?」

「100万デル用意してくれるのなら考えますよ」

「今から銀行行って下ろしてきますね!」

「………」

ちゃんと言われた通りにしようとしただけなのに、なぜ俺は白い目で見られているのか。

アリサさんは一つため息を吐いて、ギルドのドアを開ける。

「冗談です。積まれてもデートしません」

「そんな!?」

「だいたい私なんかにお金を払うくらいなら、もっと自分に使ってください。あなたが贅《ぜい》沢《たく》をしている噂をこれっぽっちも聞きませんが」

アリサさんのご指摘通り、俺は報酬のほとんどを貯《た》めている。

理由の一つは結婚資金で、もう一つは他に興味を惹《ひ》かれるものがないから。

宿も最低限生活できるレベルであれば構わないし、服や装飾品もアリサさんとのデート用（いつか使う日が来ると信じて）しか買っていない。

「食生活や寝具の優良さが調子につながります。あなたも初心者ではないのですからわかりますよね？」

「でも、今までやってこれてますし」

「いつだって最善を尽くすのが優秀な冒険者です」

ここまで引かないアリサさんも珍しい。

なんだかんだで1年間組んでいるが、デートのお誘い以外は俺の意見を尊重してくれていたんだが……あっ。

気づいたけど、もしかしてアリサさん……。

「……俺のこと。めちゃくちゃ心配してくれてます？」

「……ギルドの職員として当然の指摘をしたまでですが？」

「じゃあ、なんで目を背けるんですか～？　こっち見てくださいよ～？」

「拒否します」

「俺を見たら惚れるから?」

「吐き気を催すので」

「もっといい誤魔化し方ありませんでした?」

とはいえノーダメージ。流石《さすが》の俺も彼女が照れ隠しで言ってるのはわかる。

彼女も正直な人だ。

毅然《きぜん》とした態度で職員の義務だと言えばよかっただけなのに。

本当に心から俺を心配してかけてくれた言葉だったのだろう。

「そんなにニヤけられると流石に不快なのですが」

「嬉《うれ》しくて、つい。それよりもアリサさん、お願い聞いてもらえません?」

「デートもお付き合いも結婚もお断りしますが」

「違いますよ。それとは別件」

そう言って、俺はアリサさんに複数枚の紙束を渡す。

「拠点となる家を買おうと思うので、アドバイス役として一緒に回ってくれますか」

彼女は目をパチクリとさせると、渋々といった様子で「お昼まで待ってください」と答えてくれた。

† † †

彼女が仕事をしている間に私服に着替えた俺は邪魔にならないギルドの外から少し離れた場所でアリサさんと合流した。

ギルド内で待ち合わせすれば大騒ぎ間違いないからな。

アリサさんにいくら大金を積んだのかと話題をかっさらうだろう。

それだけ俺の女性からのモテなさは異常だ。

「アリサさんに質問なんだけど、どうして俺ってモテないんだろう？」

「モテるじゃないですか。よく話題になりますよ。一部の男性職員たちの間で」

「アリサさん一生俺の担当でいてね？　一生俺のパートナーでもいいよ？　むしろ、そうならない？」

「全て却下です」

うーん今日も手厳しい。

でも、諦めない。

「私も一つ疑問があるのですが……どうして私が恋愛対象なのでしょう？」

「一目ぼれしたからです」

「仮にそうだとして幻滅したりしませんか？」

「むしろ、もっと惹かれました」

「なるほど。真性のマゾヒストだと……」

とんでもない誤解がプロフィールに追加されている。

「違います。アリサさんとお話しできるだけで嬉しいんですよ。なにせ10年近く会えていませんでしたから」

「……もう再会して1年です。諦めてもいい頃合いでしょう」

「ははっ何言ってるんですかあなたを追いかけて冒険者になって、やっと見つけたんです。そう簡単には逃がしませんよ」

「まったく……困った人を弟子にしてしまいました」

呆《あき》れた様子で首を振るアリサさん。

そんな些細《ささい》な仕草さえ絵になるのだから、本当にきれいな人だ。

「私としては早々に諦めてほしいのですが」

「それこそ諦めてください。俺の想《おも》いの灯《ともしび》はちょっとやそっとの風では消えませんから」

「……その言葉が嘘《うそ》だったらどれだけよかったか」

「何か言いました？」

「いいえ。……ほら、見えてきましたよ。あそこが私のオススメです」

アリサさんが指さした先にあったのは一人で過ごすには十分すぎる物件。

俺が手渡した資料の中から彼女がピックアップしたところだ。

過去に貴族のボンボンが冒険者として箔《はく》をつける間、使用していたらしいが不必要になったので売りに出したらしい。

少し古いのと手入れがされていない分、お安くなっている。

ギィときしむ鉄柵の門を開けて、玄関をくぐる。

事前に聞いていた通り埃《ほこり》っぽいが魔法を使って掃除すれば苦痛な作業でもない。

「外から見た時も思いましたが、ずいぶんと広いですね。あなた一人では持て余すのでは？」

「住むのは俺だけじゃありませんよ。フィナも一緒です」

「……なるほど。パーティーで共有して使うわけですか」

「はい。フィナのやつ、王都から出てきて一人暮らししているので、それならここで共同生活した方がいいかなと」

「そういえば今日はフィナさんはいませんね？」

「せっかくなのでお休みにしました。実家に報告に行ってます。冒険者として本格的にデビューできたので、心配をかけないためにもその方がいいと思って」

会話を交わしながら家の設備を一つずつ確かめていく。

浴場も壊れてはいない。水回りも使えそうだし、壁や天井に修繕が必要な箇所も見当たらない。

掃除さえすればすぐにでも暮らせるな。

「そうですね。生活の基盤が安定すれば不安もなくなりますし、こと異性と過ごすことになってもあなたなら心配ないでしょう」

「俺のことをよく理解してくれて嬉しいです」

「ええ、毎日求愛されていますから」

「俺もアリサさんの罵倒にこもった愛を毎日感じていますよ」

「変態もここまで突き抜けるといっそ清々《すがすが》しいですね」

「ははっ、褒めてもらえて光栄です」

「…………」

甘いですよ、アリサさん。

十数年、あなたを想い続けている男《バカ》のメンタルはそんな罵倒程度で折れるほど柔ではありませんから。

冷たい視線を背中に受けながら、螺旋《らせん》階段を上って2階に配置された4つの部屋を確認する。

ここも1階同様、問題はない。

家具一式も放置されているのは助かるな。ベッドのシーツやカーテンを取り換えるだけでよさそうだ。

「しかし、思い切りましたね。あなたがこの街に拠点を構えるメリットなんてほとんどないでしょうに」

「師匠としてできる限りサポートしてあげたいですから。例えば宿でのその日暮らしよりもこうした家の方がプライベートも気を抜けるじゃないですか。あの年頃ですから精神衛生は整えてあげたいんです」

それにフィナはコミュニケーションが苦手な部分があるから、俺と日々会話を重ねることでそういった部分も解消されていくかもしれない。

「あなたが俺にしてくれたように。……それにこうやって帰ってこれる居場所を用意してあげれば急にいなくなる……なんて心配もなくなるでしょう。ね、アリサさん？」

「…………」

彼女は無言を貫いて、サッと目を逸《そ》らした。

ちょっと意地悪したが、どうやらそのことについては彼女も多少なりとも罪悪感はあるようだ。

あの日、アリサさんは一言も告げることなく俺の目の前から去った。

『いってらっしゃい』のまま終わっているのだ。

アリサさんの心はまだ過去にいて、『ただいま』を言えていない。

1年間、接してきてわかった。

このままではダメなんだと。嫌われても構わない。

嫌われるより、またアリサさんがいなくなってしまうことの方が俺にとっては辛《つら》いから。

「というわけなので、アリサさん」

「何でしょう？　確認が終わったなら、もうギルドに戻り」

「俺たちと一緒に住みましょう」

「……は？」

だから、ここで一歩踏み出す。

過去で時が止まっているアリサさんを連れ戻すために。

「またいつもの発作ですか。返事は言わなくともわかるでしょう」

「俺は本気です。アリサさんには俺たちの《専属》としてサポートしてもらいたい」

ギルドには一つのパーティーのみを受け持つ《専属》というシステムがある。

日ごろ忙しい高ランク帯の冒険者に代わって、ダンジョンに必要な道具を用意したり、情報を集めたり多岐にわたる支援を行う。

実質パーティーの一員となるのと差異はない。

しかし、ギルド職員にしか知り得ない情報も確実に存在するので《専属》を重宝する冒険者も多い。

活躍に見合った報酬ももちろん支払うことになる。

「お断りします。私にも受付嬢としての仕事が」

「でも、担当している冒険者は俺とフィナしかいませんよね」

「…………自分の愛想《あいそ》のなさは自覚しているつもりです」

「昔はもっと笑っていましたよ」

「……うるさいですね」

露骨にイラっとしたのがよくわかる。

アリサさんは表情の変化は疎《うと》いが、声色では判別しやすい。

図星を突かれたからか。過去との違いについて触れられたからか。

「《専属》になってくださったら、もちろん報酬は弾みます」

「お金の問題ではありません」

「メリットしかないと思いますが」

「あなたに襲われる可能性という最大のデメリットがあります」

「アリサさんはそれを本心から思って言っていますか？」

「っ……」

俺の問いに言葉が詰まる。

彼女が本気でそんなことを言うような人ならば、俺はこんなに好きになっていない。

アリサさんが優しくて、真面目で、誰よりも他人を想う人だと知っているから、俺は愛を伝え続けているのだ。

縁を切ることだって彼女の立場なら簡単にできる。

その手段を取らないのは、アリサさんもまた無意識に悩んでいるのだ。

告白を受け入れるか、受け入れないかを。

「…………」

互いに無言の時間が続く。

……今日はこの辺が潮時か。いつもならそう思って引いていただろう。

もしかしたらアリサさんもそう考えているから、なにも言わないのかも。

今の関係が壊れるかもしれない。けど、ずっとおびえて待ちを続けていたらじり貧だ。わかっていても踏み込みたい。

「俺はずっと本心から言っています。あなたがいなくなった日から覚悟ならできている。この人のためにすべてをささげる覚悟を。そのためにアリサさんを苦しめる復讐《ふくしゅう》相手を倒す覚悟だって――」

「――やめて‼」

彼女と出会ってから、一度も聞いた記憶のない声。

向けられたことのない感情がこもった声に胸が震えた。

「……それは私の問題です。あなたには関係ない」

「関係ありますよ。俺はあなたに幸せになってほしいから」

「…………っ」

キッとにらみつけられる。

言葉ではない態度での拒絶。少しきついなぁ。諦める理由には全くならないけど。

これ以上は何を言っても無駄だと直感が告げていた。

「……話は戻しますが今すぐにとは言いません。でも、アリサさんがちゃんと考えて出した意見を聞くまでは俺は待ち続けます」

「……どうしてあなたはそこまでまっすぐに……私を」

「何度も言っているじゃないですか」

漂う空気を無視して、いつものように笑ってみせる。

決して俺が笑顔を絶やしてはならない。

「アリサさんを幸せにしたいからです」

俺の答えにアリサさんの顔が一瞬くしゃりと歪《ゆが》む。

【氷結の冷嬢】の仮面が綻びるほどに俺の言葉は彼女の心を揺さぶっていた。

「そして、死ぬまで楽しい時も、悲しい時も隣で過ごす。この想《おも》いはずっと変わっていません」

「……そう、ですか」

自分の肩を抱き、うつむいたアリサさんはこちらに背を向ける。

「……当初の目的は達成しました。今日はここで解散にしましょう」

「そうですね。……アリサさん」

「はい」

「あなたと明るい未来を共にできることを楽しみにしています」

「………」

特に返事をすることもなく、アリサさんは家から外に出た。

Quest-5 仲間という存在

俺から一歩踏み出したあの日からすでに2週間が経《た》った。

あれからも俺たちのやり取りに変化はない。

アリサさんの受付嬢としてのプロ根性なのか、それとも師匠としての意地か。

どちらにせよ、俺が告白して断られる儀式は今も続いている。

今日はどうやって愛を伝えようかとギルドへ行くと、すでにフィナが椅子に座って待っていた。

ちなみにまだフィナには共有ハウスの話はしていない。

彼女の性格上、変に気を遣いそうなのは明らか。

なので、買取の契約を終えて正式に我が家になってから伝えるつもりでいる。貴族とのやり取りは不動産屋に任せているが、そろそろ話がまとまる頃だろう。

「あっ、師匠！」

俺の姿を見つけた彼女はどこか興奮気味だ。

「師匠、師匠！　おはようございます！」

ぴょんぴょんと跳ねながら、喜びを全身で体現するフィナ。

バルンバルン揺れる胸から必死に意識を逸《そ》らし、視線を手元へ落とした。

ギルドカードがどうかしたのだろうか。

「さっきアリサさんにもう少しでFランクを卒業できるかもしれないって言われたんです！」

なるほど。そうか、もうそんなに実績が貯《た》まっていたか。

はっきり言うと、これは異常な速度である。

俺の付き添いのもと高位ランクのクエストを受け続け、格上とばかり戦ってきたからだ。

彼女の類まれなる力があったからこそ達成できた。

これこそが上位の冒険者と初心者が組む最大のメリットである。

もっともフィナの場合はすでにDランクに匹敵する実力を持ち合わせていたからこそ、ここまで順調に進めているのに違いない。

「フィナが頑張ったからさ。苦手なトレーニングもしてるしな」

「はい！　アリサさんも褒めてくれました！」

「そうかそうか。よかったな」

元気いっぱいの返事をする彼女の頭を撫《な》でる。

にへへ……と目を細めるフィナ。

「じゃあ、アリサさんへのお礼ついでにクエスト探してくるから、ちょっと待っていてくれ」

そう言って、俺は今日も彼女のいる受付窓口に顔をのぞかせる。

カウンター越しに目を合わせると、あいさつを交わした。

「あなたを攻略できるクエストはありますか？」

「次の方、どうぞ」

息をするように口説き文句が出てしまう辺り、俺の想いも限界なのかもしれない。受け取ってもらえない愛情があふれ出る寸前なのだろう。

どっちにしろ告白するつもりではあったのだが。

なので、続行することを選択した。

「わかりました。訂正します」

「ご理解いただけて幸いです。では、どのようなクエストをお探しですか？」

「あなたと結婚できるクエストを」

「女王ゴブリンと2泊3日のクエストをご用意させていただきました。末永き幸せを祈っています。結婚式にはぜひお呼びください」

「すみません。フィナと行けるダンジョン関連のクエストはありますか？」

「最初からそうおっしゃってください。そうすれば」

「そうすれば、俺の好感度は上がりますか⁉」

「最低値で固定されていますので、これ以上は難しいかと」

ニコリとよそ行きの笑顔を貼り付けるアリサさん。

作り笑いでも嫌な気分にならないのだから、やはりアリサさんは絶世の美人である。

というか、アリサさんが笑顔を向けてくれたのって、初めてじゃないだろうか。

この前のはノーカンだし。

先日のやり取りで好感度が上がっているのでは？　俺の深い深い愛がついに届いてしまったか……。

「ふっ、罪な男だぜ……」

「……そのようなことはありませんので、ご安心ください」

「え？」

「考えていることが駄々洩《も》れでしたよ。最初から最後まで」

やばい、急に死にたくなってきた。

あんな恥ずかしいことをアリサさんの前で言ってしまうなんて、変態扱いされ……あ、もうされているか。

なら、気にすることもない。

堂々としておこう。

「すみません、全て本音です」

「……嘘《うそ》だったら、私も幾分か楽だったのですが……まぁ、いいでしょう。こちらのクエストをおすすめします」

彼女から差し出されたのは、ダンジョン【魔人の隠れ家】での討伐クエスト。

【魔人の隠れ家】はアヴァンセから最も近い初心者向けのダンジョンだ。

Eランク相当の骨剣士《ボーン・ブレーダー》、骨戦士《ボーン・ウォリアー》、骨射手《ボーン・アーチャー》など、人型の魔物が多く生息する。

ダンジョン攻略は冒険者として名を上げるならば絶対に通る道で、フィナにとっても申し分ないだろう。

「討伐対象は？」

「骸骨王《ボーン・キング》でも問題ないと私は考えています」

20階層に君臨する魔物を束ねる大将的存在。

こいつを一人で倒すことができれば、脱・初心者と自他ともに認められる。

対戦経験のある俺から見ても、今のフィナで五分五分。

ダンジョン内での経験値も勘定に入れると十分にこなせる範囲だろう。

「私は数日お休みですので、その間はダンジョンに挑戦されるのがちょうどいいと思います」

「そうですね。優秀な人材はどんどん挑戦したほうが良《い》いですし」

アリサさんがいない間はこのギルドに来る予定はない。俺はアリサさんに会いにギルドに来ているからな。

3日もダンジョンに挑み続ければ、フィナなら攻略できる。

「フィナならやってくれると確信しています」

「いい報告を期待して待っていますね」

「フィナにも伝えておきます。いってきます」

「いってらっしゃいませ」

アリサさんに送り出されて、俺もフィナのもとに舞い戻る。

彼女はゆらゆらと身体《からだ》を揺らして、掲示板を眺めていた。

「お待たせ、フィナ」

「いえいえ、そんなことは！」

俺の言葉にブンブンと手と首を振るフィナ。

「はっ、師匠！　今日はアリサさんとの勝負どうでしたか！」

「惨敗《ざんぱい》だった」

「そうですか！」

なんで、ちょっと嬉《うれ》しそうなの？

師匠も二人から責められると泣いちゃうんだけど。

「大丈夫です。師匠はいいところがたっくさんありますから！　これからも頑張りましょう！」

「フィナ……！」

こいつ……嬉しいこと言いやがって……！

ぼっちウィッチってからかおうと思っていたけど、やめよう。

「よし！　今日はダンジョンに潜るぞ！　俺についてこい！」

「はい、師匠！」

絆《きずな》を深め、俺たちは駆け出す。

新たなステージを求めて……！

† † †

「ごめんな……。体力がないのに無理させて……」

「い……いえ……。私の……ふぅ……運動不足なので……」

ぜぇぜぇと大きく肩を上下させ、荒くなった呼吸を整えるフィナ。

アヴァンセを出て森林へと足を踏み入れてくと、ダンジョン【魔人の隠れ家】の入り口が見える。すでに攻略済みでギルドの管理下に置かれているので、地下へ続く階段は整備されていた。

「こ……これが、ダンジョン……で、す……かぁ」

Cランクの俺のランニングペースに、Fランクのフィナがついてこれるわけもなく。

無理をした彼女はすでに汗をかいていた。心なしか顔色も悪そうだ。

「ゆっくりでいいからな。今日はそんな深くまでいくつもりないし」

そう言って、俺は水の入った筒を彼女に渡した。

一瞬、躊躇《ちゅうちょ》してからフィナは受け取ると、カラカラになったのどを潤す。

「あ、ありがとうございます……」

「ここは木陰がたくさんあるし、そのあたりで休むか？」

「いえ、もう平気です。……師匠のお水も頂きましたし」

「そうか？　なら、いいんだけど」

本人がそう言うなら、もう問題ないのだろう。

白かった肌も赤くなっているし……調子は取り戻したと見て、間違いなさそうだ。

「なら、ダンジョンに入る前にフィナに心構えを一つ教えておこう」

「心構え、ですか？」

「そう。ダンジョンには魔物が多くいる。これからランクが上がるにつれて死を意識する場面にも遭遇するだろう。だからこそ、気の持ちようが大切なんだ」

「なるほど。師匠はどんなことを考えているんですか？」

「恐怖を飼い慣らす。ただ恐れるのではなく、楽しむ。俺はこの二つを心掛けている」

「恐怖を……飼い慣らす。楽しむ……」

自分に言い聞かせるように繰り返しつぶやくと、フィナは手をぎゅっと握りしめる。

俺の感覚を己のものにしようと意識に刷り込むように。

「わかりました。念頭に置いておきます」

「じゃあ、ダンジョンに入ろう。クエストを開始する」

――で、すでに10階層まで来てしまっていた。

「【切り返せ――風術《ウィンド》：逆凪《バウンス》】」

ボーン・アーチャーたちが射《い》った矢を風の魔法で撃ち返す。

奴らはそれらを避けて、次発を構えるが時すでに遅し。

牽制《けんせい》をしている間に、後方の魔法使い《フィナ》の詠唱は完了していた。

「【迅雷槍《エレキテル・ランス》】！」

乱雑に伸びた雷《いかずち》の槍《やり》は獲物を捉えて、意識を刈り取る。

どくろの赤い眼《め》は黒ずみ、カランと弓が落ちる音が響いた。

「ふぅ……」

額をぬぐうフィナ。

彼女は魔物を倒すためにずっと第二節の魔法を使っている。

魔力の残量的にも、この辺りが限界だろう。

そもそも1日で10階層まで下りれるとは思ってなかった。

俺はあくまで手助けだけで攻撃は全て彼女が行っている。

ここまでたどり着けたら進捗としては満点だ。

「魔力回復薬《マジック・ポーション》を飲んだら、今日はもう切り上げよう」

「……はい」

その返事にいつもの明るさはない。

やはり一気に10階層はやりすぎだったか？

フィナはまだ弱冠15歳。無理はさせられない。

「ほら、こっちにこい」

俺はしゃがんで、背中をフィナに向ける。

すると、彼女は慌てて否定した。

「あっ、違うんです、師匠！　疲れているわけじゃなくて！　ちょっと試したいことがあるんです」

「なんだ？　教えてくれ」

「その……えっと……」

指をもじもじさせて悩むフィナだったが、踏ん切りがついたのか顔を上げてこう言った。

「私一人だけで魔物と戦ってみたいです！」

弟子のお願いを受け、俺は思考の海に潜る。

1対1はいずれ通らなければいけない道。

俺も骸骨王《ボーン・キング》との戦いでフィナに経験させようとは思っていた。

だが、それも未来の話。

まずは俺と組んで数回ほど骸骨王《ボーン・キング》を倒してから、一人で攻略させるつもりだった。

Eランクの骸骨王《ボーン・キング》が20階層にいることを考慮すれば、今日の10階層だって十分すぎる成果。

……経験は早いうちに積ませておいてもいいかもしれないな。

なにより本人が直談判《じかだんぱん》しているのだ。

このやる気をそぐよりも伸ばした方がフィナのためになる。

「……わかった。やってみるか」

「あ、ありがとうございます！」

「ただし、条件を付ける」

「条件、ですか？」

首をコテンと傾げるフィナ。

これまでは彼女の自由に魔物と戦わせてきたが、それは俺が快適な状況を作り上げてきたからだ。フィナの実力は十二分にわかった。

ここからはさらなる成長につなげるために、いくつか枷《かせ》をつけて行こう。

「次の一戦、希望通り俺は手出しをしない。そのうえで第一節の魔法だけで倒して見せなさい。それと一戦だけな。明日は回数を増やすから、今日はそれで我慢だ」

「第一節だけ……わかりました！」

フィナ特有の元気な返事に安心し、さっそく俺は手ごろな魔物を探しだす。

……前方に進んだところに、ちょうど3体いるな。

フィナは俺に手を出してほしくないようだから、彼女の後ろで見物といこうか。

危険だと思えば、助けを出せばいい。

「フィナ、構えて」

「……！」

フィナは杖《つえ》を強く握りしめると、眼前を見据える。

『クケケッ！』

そして、暗闇からカラカラと喉を鳴らして、姿を現した。

「【紫電よ、奔《はし》れ――雷精の戯れ《スパーク》】！」

杖から放たれた電撃は骨戦士《ボーン・ウォリアー》をマヒさせる。

だが、そうしている間にも後衛のアーチャーの攻撃が行われていた。

「えいっ！」

フィナは杖で矢を落とすと、なんと自ら前に突っ込んでいった。

「【すべてを貫く光と成れ――】」

想定外の動きに慌てたアーチャーたちは、同じく動けないボーン・ブレーダーを盾にして隠れる。

耐久力に自信のあるブレーダーも仲間をかばうために受け止める姿勢をみせた。

「雷撃剣《ライトニング・ブレイド》】」

トンと杖でボーン・ブレーダーの腹を叩《たた》いた。

瞬間、雷光がブレーダーの身体《からだ》ごとアーチャーの身体ごと貫く。

だが、今のではとどめを刺しきれない。フィナは制約通り、第一節縛りを果たすために第二節の魔法を詠唱省略して放った。

詠唱省略は速度を得る代わりに威力を失う。

『ケケッ！』

「いたぁ！」

杖で防いだもののブレーダーの攻撃を真正面から受けたフィナは後ろへと転がる。

当然、隙を逃がさぬアーチャーによる追撃が始まった。

「くっ、このぉ！」

こういう形になってしまえば陣形ができているあちら側がだいぶ有利だ。

しかし、打てない手がないわけじゃない。このままではフィナはじりじりと追い込まれていくだろう。

失敗を一つ学んだ。なら、次は成功へと導くヒントをあげよう。

「魔法学院の授業で習ったことを思い出せ！　第一節の魔法の役割は何だ！」

「え、えっと第一節は……あっ！」

フィナの顔つきが変わった。どうやら気づいたらしい。

第一節は第二節、第三節に比べて決め手になる威力はない。ならば、なぜ廃れずにいるのか。それは第一節の魔法は戦況を自分にとって有利に進められる力を秘めているからだ。

「【紫電よ、奔れ——雷精の戯れ《スパーク》】」

「そう。それでいい」

先ほどと同じようにフィナはブレーダーたちをしびれさせる。続いて、駆け出しながら第二の魔法を唱えた。

「【紫電よ、捕えろ——雷精の円環《エレキ・リング》】！」

雷の輪が動きが鈍った3体をまとめてひとくくりにする。これで奴らは完全に身動きが取れなくなった。

思い出したみたいだな。第一節の魔法はとどめの手段じゃない。

そうやってあくまで勝利を手繰り寄せる術。奴らを狩る方法なら魔法以外にもあるだろう。

そのために彼女にはきちんと基礎トレーニングも積ませてきたんだから。

「えーい！　天誅《てんちゅう》です‼」

『ケゲゴッ……！』

フィナが大きく振りかぶった杖のジャイアントスイングが剣士と弓手《ゆんで》の頭蓋骨をかち割った。

骨が砕ける致命傷を食らった骨の怪物は最後の一言を残すように顎を鳴らして、バラバラと崩れ死んだ。

「や、やった……！　やりましたっ！」

息を整えることも忘れて、興奮気味のフィナは笑顔を向ける。

時間にして数分にも満たない。

だけど、彼女は間違いなく死闘をしたのだ。

己の命を懸けた戦いを。

「おう。嬉《うれ》しいのはわかるけど、落ち着け。汗もすごいぞ」

「あ、あれ？　本当だ。全然気が付きませんでした……」

「それだけ緊張していたんだよ。でも、緊張以上に集中できていたから、あいつらを倒せたんだ。それは誇っていいぞ」

「は、はい！」

「だけど、想定外の事態は常に起こりうる。焦《あせ》っても視野を広く持つように。きっと今まで身に付けてきた知識が助けてくれるから。わかったか？」

「はいぃ……」

「なら、よし。お疲れ様」

「わわっ！　し、師匠～」

わしゃわしゃとフィナの頭を撫《な》でる。

帽子をかぶせると、軽い彼女を抱きかかえた。

「し、師匠⁉」

「疲れただろ？　遠慮するな」

「い、いいえ、そういうことじゃなくてですね……」

指をもじもじとさせるフィナだが、声が小さくて何を言っているのか聞き取れない。

なので、勝手ながら今後のスケジュールを彼女に伝えることにした。

「明日は一気に20階層まで潜るからな。フィナが無事に一人で骸骨王《ボーン・キング》を倒せたら、お祝いにご飯をおごってやろう」

「ほ、本当ですか⁉」

「前に約束していたしな。一緒にご飯食べに行こうって」

「明日は今日以上に頑張ります！」

鼻息を荒くするフィナ。

いつでもやる気十分である。

「ちなみに明日はこの抱っこはなしだからな」

「どんとこい、ですっ」

「それは頼もしい。ギルドに報告するまで、一人でやってダンジョン攻略だからな」

そして、きっとその未来はあっさりとやってくるだろう。

彼女に敷かれた道のりは明るい。

何事もなく進めば間違いなく世界に名をとどろかせる。

俺も追い抜かれないように一層努力をしよう。

そんなことを思いながら俺は出口へと足を運んだ。

† † †

そんな流れがあってからの翌日。

冒険者ギルドで待ち合わせした俺たちはいきなり変なのに絡《から》まれていた。いや、俺というより標的はフィナか。

「おい、お前か。【不屈の魔拳士《バーサーカー》】にこそこそくっついてるのは」

「……師匠、どうしましょう。全く別の方向を見て言ってます」

「面白いから少しの間、黙って見てよう」

いつものフィナの影の薄さが発揮されているのか、食いかかってきた茶髪の元気少年は見当違いの方向を見ている。

おそらく偶然、俺の後方に座っている少女をフィナと勘違いしているのだろう。

「ちっ、無視か。まぁ、いい」

そりゃ無視もされる。だって、別人だもん。

「いいか！　俺たちは自分たちだけの力でここまでやってきた。助けられて稼いだ実績に意味なんてねぇんだよ」

それは違う。彼は俺とフィナの関係を、貴族が箔《はく》をつけるために冒険者を雇ってランクアップする図式と同じ認識を持っているのだろう。

しかし、このやり方はギルドも推奨しているのを知らないのだろうか。何よりも命が大切。命さえあれば何度だってチャンスはあるのだ。

貴族は別として、他の先輩冒険者が後輩に経験を積ませるために面倒を見るのは普遍的なこと。

彼女がフィナと勘違いして話しかけている少女も気分を悪くしたのか、その場から去っていった。

「あっ、おい！　だんまりのまま逃げるのかよ！」

「……少年。先に一つだけ言っておこう」

「なんだよ。師匠は文句まで代わりに言うのか？」

「フィナはこの子だ」

「こ、こんにちは～」

「えっ、あっ……え？」

この後、ようやく自身の勘違いを認識した少年は顔を真っ赤にしてギルドを出ていった。

そんな一件を挟んだ俺たちは、お休み中のアリサさんの予想をはるかに上回る速度で【魔人の隠れ家】20階層にたどり着いた。

今日も順調に屍《しかばね》を重ねて、ここまでやってきたが今は仰々しい門の前でフィナと座りながら順番を待っている。

骸骨王《ボーン・キング》を倒しにやってきた他のパーティーとブッキングしてしまったのだ。

「あっ」

「あっ」

件《くだん》の少年がいるパーティーである。

というわけで弟子《フィナ》には悪いが、後輩に先を譲って絶賛お預け中だ。

こんなところでひと悶着《もんちゃく》あっても誰も得しないしな。

「それにしてもひどい人たちでしたね。『インチキもの』呼ばわりしてきて」

彼女がぷんすかと怒っているのは、順番を決める際に放った少年の言葉に原因があった。

『偽物《にせもの》の冒険者なんかに……インチキものには負けねぇよ！』

初心者に上級クラスの冒険者が付き添い、共に経験を積むのはギルドも推奨している行為だ。

それにフィナは確かに俺という安全な環境の下でクエストを受けているが、彼女はちゃんと自分の手で魔物に対処している。

それでもインチキもの呼ばわりした。要は彼らは焦っているのだ。

気持ちはわかるが、あまり褒められた言動ではない。

「フィナに嫉妬したんだよ。彼らが何か月とかけてやってきたことを、フィナはあっという間にやってのけたからな」

「普通にやっているだけなのに……」

一生懸命やってきたことをバカにされたら誰でも腹が立つ。

不満タラタラの様子だが、彼女の視線は門に固定されたままだ。

「……あの人たちは無事にクリアできるでしょうか？」

「どうだろうな。俺は他の奴らについて詳しくないから」

接触を図ると、ことごとく避けられるからな。

最近は他の受付嬢も要注意人物として新人に教えているらしい。

そんな中、普通に接してくれるフィナは天使。

「さすが師匠。噂《うわさ》に違《たが》わぬぼっち力……！　二つ名は伊達《だて》じゃありませんね！」

なんだ、こいつ。喧嘩《けんか》売ってんのか？

……おっと、いかんいかん。

こういう時こそ、女神・アリサの顔を浮かべるのです。

あぁ……心が安らいでいく……。

「あっ、門が開きました」

天に魂が昇りそうになるが、フィナに呼び止められて意識が現実に戻る。

出てきた若い冒険者たちは満身創痍《そうい》だ。

剣士であろう少年は頭から血を流しており、放っておくわけにはいかない。

俺はすぐさま駆け寄ると、少年を揺さぶっている少女の手を止めさせる。

「落ち着いて、これを使うといい。染《し》みるが、血を流し続けるよりはマシだ」

「あ、ありがとうございます！」

回復薬《ポーション》を女の子が受け取ると、少年の額に液体をかけた。

呻《うめ》き苦しむが、傷口はふさがっていき、徐々に痛みも引いていく。

少しすると、痛みを誤魔化すように暴れていた彼はそのまま気を失う。

死んだと勘違いした仲間たちは身体《からだ》を必死に揺さぶるが、それを手で制する。

「大丈夫。死んではいない」

「ほ、本当ですか⁉」

「もちろん。少し休ませてあげてくれ」

Cランク冒険者の判断という事実も助け、彼ら彼女らはホッと胸をなでおろす。

全員が怪我《けが》をしていたので、俺は所持していた他の回復薬《ポーション》も差し出した。

「こ、こんなにいただけません！」

「気にするな。君たちも傷を癒《い》やした方がいい。その様子だと、もう回復薬《ポーション》は切らしているんだろう？」

「……はい」

「だったら、受け取ってくれ。後輩に死なれたら俺も寝覚めが悪いからな」

強く念を押すと彼らも分け合って、療養に努める。

きっと彼らだけでは地上に戻れないだろうから、俺たちが付き添うとして……。

「中でまだ骸骨王《ボーン・キング》は生きている？」

コクコクとうなずく弓使いの少女。

「なら、フィナもちょっと待ってて。倒してくるから」

「……？　私が倒さなくていいのですか？」

「ああ。フィナには手負いの骸骨王《ボーン・キング》じゃなくて、新しい奴と戦ってほしいからな」

傷を負った骸骨王《ボーン・キング》だと彼女なら1発で倒してしまうかもしれない。

それはフィナの為《ため》にならないからな。

俺がリロードしてきてやろう。

「鬼だ……悪魔がいる……」

「これが【不屈の魔拳士《バーサーカー》】……。噂通り頭のネジが1本外れてやがる……」

ひどい言われようだ。

恩人になんて仕打ち。いや、恩を押し売りするつもりはないけどさ。

聞こえないふりをして、俺はボス部屋へと入る。

王が暮らすにしてはあまりにも質素な空間だった。

王を守る兵士も、王を寵愛《ちょうあい》する姫もいない。

座するべき場所さえも用意されていない、死してなお生きながらえる骸骨王《ボーン・キング》の部屋。

『ケケケケケ！』

新たなエサの登場に喜びの声をあげる骸骨王《ボーン・キング》。

軀《からだ》の上から紫の布切れを羽織り、心臓部には王である証《あかし》としてべっ甲色の宝玉が埋め込まれていた。

ボス部屋の魔物は倒されても、部屋を出れば復活する。

それを何度も繰り返し、あいつの心臓を集めたのが懐《なつ》かしい。

あれは高く買い取ってくれるのだ。

ニタリと笑みを浮かべる。

すると、恐れを感じたのか、骸骨王《ボーン・キング》は１歩後ずさりした。

「なんだ。俺の顔でも思い出したのか？」

もちろん記憶の引継ぎなどはない。単純に俺との戦力差を身に感じただけ。

問答無用とばかりに飛んでくる火の玉。

身体をひねって回避すると、１歩ずつ距離を詰めていく。

『ケケ！　ケケッ‼』

しつこい魔法攻撃を続ける骸骨王《ボーン・キング》。

「【心臓貫く渦巻く水撃──水術《レイン》：逆巻く波動《スパイラル》】」

放たれた渦巻く水流が火の玉を呑《の》み込んで、すべて消し去る。

そして、あっという間に俺の殺害範囲に骸骨王《ボーン・キング》が入った。

俺を目の前にして、カチカチと骨を鳴らす。

魔物たちも恐怖を抱く。

骸骨王《Eランク》からすれば、格上《Cランク》の俺は脅威でしかないのだ。

骸骨王《ボーン・キング》は抵抗が意味をなさないと気付く。

「じゃあな。俺の弟子がここに来るから優しく相手してやってくれ」

短剣を取り出すと胸に突き刺す。

衝撃に骨は割れ、命が停止した宝玉は輝きを失う。

「さて、フィナを呼んでくるか」

骸骨王《ボーン・キング》をよみがえらせるために部屋を出る。

まだ剣士の子は寝ているみたいで、ほかの連中も壁にもたれかかって身体を休ませることに注力していた。

全員、驚いた表情をしていたのは傑作だ。

いつかは彼らも同じことができるようになる。

「フィナ。ここから先はお前一人で行ってこい」

「わかりました！　骨さんをやっつけてきます！」

それだけ言葉を交わして、俺と入れ替わるように彼女は中に入っていく。

勇敢な面持ちに心配も杞憂《きゆう》だと思った。

死の恐怖を超える集中を持って挑んでいる。

昨日の一人で戦いたいっていうのも感覚をつかむ予行練習だったのかもしれないな。

「ちょ、ちょっと！　正気ですか⁉」

「まだ子供じゃないですか！　死んでしまいます！」

『信じられない』と冒険者たちがフィナを止めようとする。

死を目前にした者からの忠告に彼女は足を止めて、振り返る。

そして、試験に挑むフィナは柔和に微笑《ほほえ》んだ。

「ありがとうございます。でも、大丈夫です。必ず勝ちますから」

全く根拠のない発言に聞こえるが、冒険者である彼女たちは口をつぐむ。

なぜなら、フィナの目つきは俺たちと同じ冒険をする者の決意がにじんでいた。

数週間前の初心者だった少女とは別人だ。

きっと今の雰囲気をまとった彼女を存在感のないぼっち扱いはできないだろう。

だからこそ、俺も彼女の背を押してあげられる。

弟子の初めての冒険を誰が邪魔できようか。

「じゃあ、改めて行ってきますね、師匠」

「いってらっしゃい、我が弟子よ」

戦場へと送り出すと、挑戦者を受け入れた扉は勝手に動き出して部屋へと閉じ込める。

背後から雷系魔法特有のはじける音を聞いて、俺は先に挑戦していた冒険者たちの横に腰かけた。

彼ら彼女らはどこか納得していない様子で俺にジト目を送ってくる。

あの少年はリーダー格だった。仲間であるこの子たちも似た意識を持っていてもおかしくない。とはいっても、あそこまでひどいわけではなさそうだ。

納得はできている。だけど、理性の部分で落としどころが見つかっていないのだろう。

「……自分たちよりも後に冒険者になったフィナが挑戦することが、そんなに気に入らないか？」

「そ、そういう問題じゃありません！　一人でのチャレンジがどれだけ危険か、あなたなら理解しているのではありませんか⁉」

「詭弁《きべん》だな。顔にはっきり書いてあるぞ？　悔しいってな」

「っ……」

図星を突かれ、少女は悔し気に歯を食いしばる。

このまま誤解されたままで放置するのも気が引けるので、俺は話をつづけた。

「フィナはすごいぞ？　才能もある上に知識欲も旺盛。少しでも自分の能力を磨こうとしている」

「……それは自慢ですか？　いやがらせですか？」

「半々だな」

「噂通りの性格の悪さですね」

「性格悪いついでに言わせてもらうと、君だけじゃなく、君たちがあきらめずに前を向き続ければいつかあいつに追いつけるときがくると思う」

魔法学院で俺は何人も天才を追い抜いた凡人を見ている。

彼らに共通したのは、何度転んでも起き上がる根性を身につけていること。

目標にたどり着くまで努力ができる才能があったのだ。

そして、その起源には反骨心が眠っていた。

俺はまさに才能が芽生える欠片《かけら》を感じている。

「……凡人は天才には追い付けませんよ」

「俺はそうは思わない。けど……君がそんなくだらない理由で諦める子なら、絶対に追いつけないだろうな。そんな根性なしがやっていける世界じゃない」

「……何が言いたいんです？」

「頑張れってことだ。靴が擦り切れても、顔が泥まみれになっても歩むことをやめるな。先輩からの助言ってことで一つ受け取ってくれ」

　これでフィナには追い付けないって勘違いが少しはマシになってくれたらいいが……。

　少女の顔を見て、俺はその心配は杞憂だとすぐに思い直した。

　どうやら俺が思っていたよりも、彼女はイイ性格をしている。

　彼女はやる気が灯《とも》った瞳を俺に向けた。

「……サリー・セイウンです。今後、先のダンジョンでも会うことになると思いますから、どうぞよろしく」

「レイジ・ガレットだ。よろしく」

　俺は手を差し出すが、彼女はプイと顔を背けて仲間の元へ行ってしまった。

　嫌われたかな、これは。

　それをわかったうえで嫌われ役を買って出たから、別に気にしていないけど。

今回の件と関係なしに、元から評価低かったしな……。

しゃべり相手もいなくなり、どうやって暇をつぶそうかと考えていると大きな衝撃音が響いた。

どうやら決着はついたみたいだな。

立ち上がって土を払うと、扉の前まで歩く。

骸骨王《ボーン・キング》の怨嗟《えんさ》を鳴らして開いた扉。

その中には宝玉を頭の上に掲げた、試練を乗り越えた冒険者が立っていた。

「やりました、師匠ぉ‼」

このまぶしい笑顔を、俺はしばらく忘れないだろう。

† † †

サリーたちを無事に送り届けた俺たちは夜の街を歩いていた。

「えへへ……きれい……」

月の光で透かされる宝玉を見つめるフィナ。

普段からゆるゆるな顔が輪をかけて緩んでいた。

彼女は宝玉を記念として残すことに決めた。

いつか親御さんに見せて、冒険者として無事にやれていることを報告するらしい。

なんにせよ、これでフィナは正真正銘、脱・初心者になったわけだ。

フィナの楽しそうな顔を見ていたら、なんだかこっちまで嬉《うれ》しくなってくる。

自分がクエストをクリアするときはあまり喜びもしなかったから、なおさらに。

……ああ、いや。一人だけいたっけ。相も変わらず無表情でお祝いしてくれたあの人が。

「おーい、フィナ。あまりよそ見してると危ないぞー」

「大丈夫ですよ！　なにせ私はEランク冒険者なんでふっ⁉」

「ほら、言わんこっちゃない……」

何もないところでつまずき、顔面から地面にダイブしたフィナ。

盛大に転んだ彼女を立ち上がらせると、ハンカチを取り出して彼女の顔についた汚れをはらう。

「フィナも女の子なんだから、そういうところ気を付けなよ」

「うぅ……ごめんなさい」

「まぁ、今日ばっかりは仕方ないか」

目立ったケガもなかったのでよかった。

宝玉を仕舞った彼女と談笑しながら目的地へと向かう。

「でも、いいんですか、師匠。おごってもらって」

「今日はめでたい日だからな。これでも稼ぎはいいから、遠慮なく頼めよ？」

「わ、わかりました！　いっぱい食べられるように頑張ります！」

変な方向に努力する我が弟子。

なにか言いたげにそわそわしている。

緊張でもしているのだろうか。

フィナのことだから、だれかと食べるのは初めてで……とか言い出しそうだ。

「あの、師匠！」

「なんだい？　慰めの言葉は用意してるぞ？」

「えっ、あ、ありがとうございます。……って、そうじゃなくて！　今度、師匠がランクアップした際には、私にお祝いさせてください！」

ただのいい子だった。

ごめんな、勝手に身構えて。

勝手に悲しいエピソードを妄想していた自分を殴ってやりたい。

「……じゃあ、その時を楽しみにしておこうかな」

「はい！　師匠も遠慮はいりませんから！」

「おっ、それは頼もしい。さすがEランク冒険者は言うことが違うな」

「それに貯金もいっぱいあります！　友だちと遊ぶ用にお小遣いを分けていたんですけど、使うタイミングがなくて……」

「……ん？」

「貯金箱も3つ目に突入したんです！　どれくらい入っているのかなぁ」

時間差！

やばい、見たわけでもないのに映像が勝手に浮かび上がってくる。

いつか蓋を開けることを夢見て、親にもらったお小遣いを貯金箱の中に入れるフィナ（幼少期）の姿が……！

そんな彼女が貯《た》めたお金を使う日が来てしまったら……。

きっと彼女と長い付き合いの貯金箱さんは泣いてしまうんじゃないだろうか。

二代目さんも、三代目さんも、きっとフィナが自らを壊す日を待っているはずだ。

使う相手が俺なんかで悪いが……うぅ、すまない、貯金箱。

必ずお前たちの夢は俺が叶《かな》えさせてやるからな……！

「フィナ。俺はもっと早くランクアップすることを誓うよ」

「私もすぐに追いついてみせます！」

「よーし。英気を養うために、今日はいっぱい食べるぞー！」

「おー！」

†　†　†

「うぅ……食べ過ぎてしまいました……」

「クエスト完了報告するの完全に忘れてたな。よしよし」

顔色が悪い弟子の背中をさする。

祝勝会を終えた俺たちはどうせならアリサさんを脅《おど》かしてやろうと、今日中に完了報告を終わらせるためにギルドに足を運んでいた。

担当受付嬢がいない報告は形式だけで時間も取らないし、何も用事がなくてもアリサさんには毎日会いに行くことに変わりはない。

「だから、美味《おい》しくてもスープ飲み過ぎないようにしなさいって言ったのに」

「うぅ……だって、本当に美味しかったから……シーフードスープ……」

「おいおい、大丈夫か、二人とも」

「あっ、ウォーレンさん。こんばんは」

フィナを介抱していると珍しい御仁が話しかけてきた。

ウォーレンさんがこっちに顔を出すのは珍しい。それだけ普段は仕事に忙殺されているわけなのだが。

部屋にこもっていても相変わらず身体《からだ》は引き締まっていて、来ているシャツはパツパツだけど。

「おう。どうだ、レイジ？　首尾よく帰ってきたか」

「ええ、もちろん。ほら、フィナ。この人はうちのギルドのトップのウォーレンさんだ」

「は、初めまして……うぷっ。フィ、フィナ・リリーノでぷ……」

「はっはっは。お前に似て愉快な子だな、噂《うわさ》の弟子は。ほら、お嬢ちゃん。回復薬《ポーション》だ。飲むといい。スッキリするぞ」

「あ、ありがとうございます」

手渡されたポーションをゆっくり飲むフィナ。その間に俺たちも会話を進める。

「で、どうしたんですか？　わざわざこっちに出張ってくるなんて」

「期待のエース候補ちゃんがどうなったのか気になってな。さっきも言ったろ？　首尾はどうだったって」

「フィナなら問題ありませんね。文句なしです」

そう言って弟子の頭を撫《な》でると、彼女はくすぐったそうに目を細めた。

「がっはっは。そうかそうか。なら、ちょうどいい。俺がランクアップの手続きをしてやろう。おおかた、そのために来たんだろう？」

「ウォーレンさん自らですか？」

「アリサも休みだしな。二人とも裏に来なさい」

「……！　わかりました」

わざわざ裏に来いという言葉を使った意図。意味深な目配せ。

間違いない。これは……裏クエストだ。

「支部長直々に……！　ワクワクします、師匠！」

「……そうも言ってられなくなってきたけどな」

「……？」

頭上にハテナを浮かべる弟子を引き連れて、俺たちは支部長室へと入る。

彼は己の定位置に腰かけると、俺たちに1枚の紙を見せる。

「さきほど入った緊急の電報だ。ボランティア活動をしている商人たちによって近くの村が蹂躙《じゅうりん》されているのが確認された」

「蹂躙？　ゴブリンですか？」

「いいや、違う。確認された情報だと討伐対象はアルティマ・ゴーレムだ」

「アルティマ・ゴーレム⁉」

フィナが驚いた声を上げる。

それもそうだ。本来、こんな都会外れの場所に現れるレベルの魔物じゃない。Aランク相当。つまり、書類上は俺たちの圧倒的格上になる。

「問題なのは奴の進路。このままではアヴァンセにいずれたどり着く。疲れているところ悪いが、その前に……」

「俺たちに狩ってこいってことですね」

ウォーレンさんは重々しくうなずく。

フィナを連れて、裏クエストの話をしたのはつまり、そういうことだ。

だが、今の話をそのまま鵜呑《うの》みにするわけにはいかない。

「フィナを連れていく意味はありますか？　今まで通り、俺だけで問題ないのでは？」

「今後レイジと行動を共にするうえで経験は必ず必要になってくる。格差が広がれば広がるほど連係は難しい。そうならないように彼女にも平等に機会を与えるべきだと俺は考えた」

「……彼女に選択権を与えてやってください。フィナは俺とは事情が違う」

「あい、わかった。だが、あまり時間はない。手短に頼む」

クエストはどれも命の危険がある。裏クエストは通常の比ではない。

俺には自分の命を懸けてもいい覚悟と理由がある。だけど、フィナは元をたどれば友だちを増やすために冒険者になった。

「フィナ、聞いた通りだ。俺は今からアルティマ・ゴーレムの討伐に行く。行かない選択肢だってあるんだ。気にすることなく後悔しない選択を」

「いきます‼」

迷いなき意志がこもった瞳。

「……本当にいいんだな？」

「はい！　だって、私たちパーティーじゃないですか！」

「っ……ははっ、そうだな。そうだった。俺たちはパーティーだったな」

師匠と弟子以前に今後を共にすると誓った仲間同士。

死線を共に越えるのだって当然だ。

「それに私がいないとまた師匠が一人で可哀想《かわいそう》ですから」

「あ？　それはこっちの台詞《せりふ》だ、このぼっちウィッチ」

互いにニッと笑って、拳をコツンとぶつける。

俺たちの方向性は定まった。これ以上、言葉を交わす必要などない。

「『いってきます』」

今までのソロとは違う。ほとんど死なない格下相手のクエストとも違う。

死が隣り合わせの冒険だ。

絶対にフィナを死なせない。彼女を失わない。必ず、だ。

俺は勢いよくドアを閉めた。

「期待しているぞ。若きホープたち」

† † †

「フィナ、しっかり摑《つか》まっておくんだぞ」

「はいっ！」

疲労を考慮して、フィナを背負いながら草原を駆けていく。

フィナは気丈に振る舞っているが、無意識のうちに首に回す腕の力が強くなっていた。

緊張しないわけがないか。むしろ、いつも通り振る舞おうとしているだけでもえらい。

「よし、このまま簡単に作戦を確認するぞ。今回は俺が前衛に出る。正直フィナを守ることに意識のすべてを割くことは難しいと思う。だから、これまで以上に連係が大切になってくる」

「だったら、私はサポートに徹しようと思います。トドメは師匠にお任せしますね」

「ああ、それでいい。タイミングを間違えるな」

コクリと彼女はうなずく。

より高いレベル相手の経験は大金に値するほど貴重なもの。できる限りを、彼女の成長に繋《つな》げてあげたい。

「それと俺の危険は気にしなくていい。自分で対処できるから」

「わかりました。……あの、師匠」

「ん？　どうかしたか？」

「もし……もし、私が足手まといだと感じたら切り捨てて」

「それはないよ。絶対ない。俺と組んだ限り、もう逃げられないと思え。永遠にフィナはこのパーティーの一員だ」

「……師匠って結構真顔ですごいこと言い切りますよね」

「【死んでも諦めない馬鹿】らしいからな。変態でもあるらしいぞ」

「……えへへ。いつまでもそんな師匠でいてください」

え？　唐突なディス？　今そんな空気だった？

年頃の女の子はよくわからん……。

とはいえ、いつのまにか緊張はほぐれた様子。ちょうどよかった。

もうそろそろ対象と接敵するところまで来ていたから。

「どうやらアヴァンセに向かってるってのは本当みたいだな……」

村にたどり着く前にこうして相まみえるとは。

遠くから小さな人らしき影が近づいてくる。

「フィナ、下りて。魔法の準備を」

だんだん、だんだんと大きくなっていく影。その姿を隠しもせずに、堂々と2本の足で闊歩《かっぽ》している。

「さて、初めましてだな。アルティマ・ゴーレム」

強固な素材でできた巨軀《きょく》。奴はただのゴーレムじゃない。その上位種。

堅固さももちろん格段に違うが、最も特徴的なのは背中に生えた細長い二つの腕と合体した二つの顔。

「ここから先は通行止めだ。帰ってもらうぜ……地獄にな」

『ヴォォォォォォ‼』

化け物の雄叫《おたけ》びが夜空を劈《つんざ》いた。

激しく胸をドラミングし、威嚇行動に出るアルティマ・ゴーレム。

しかし……目の前のアルティマ・ゴーレムの様子はなにやらおかしい。

ゴーレム種はダンジョンの中でしか見受けられず、比較的おとなしい種族として知られている。

こんな暴走状態で地上に出た例など、過去の記録にもなかったはず。

「あとでウォーレンさんに報告しておかないとな」

グローブをはめた拳を握りしめる。魔石が埋め込まれた手の甲に魔法陣が展開された。

「【魔法装甲《エンチャント》：氷手甲《アイス・ガードナー》】」

ヒート・ゼロが攻撃の魔法ならこちらは守りの魔法。

アルティマ・ゴーレムの強力な打撃で骨が砕かれないようにしっかりと氷で防御を固める。

「盛大に殴り合いといこうぜ！」

『ヴァァァクァァァ！』

振りかぶった拳がぶつかり合った衝撃で前髪が浮く。

ジンジンと伝わる痛みが、おおよその硬度を教えてくれる。

「やっぱ外部から突き崩すのは難しいか～」

だったら、内部から壊すまで。

『ヴォォォォォ！』

「よっと！　見かけによらず器用に動かすなぁ、自分！」

上下左右。巧みに動く長さも太さも違う4本の腕。俺が攻撃を避けた先で待ち構えていることもあれば、攻撃でとどまらせている隙を狙ってきたりもする。

二つの顔でほぼ360度カバーできるからこそできる芸当。

俺一人なら長期戦に突入していたかもしれない。だけど、今回は頼もしい仲間がいる。

「【紫電よ、はじけろ――雷精の気紛れ《スパークル》】！」

『ヴゥゥゥアァァ！』

フィナが放った視界を奪う光が弾《はじ》ける。背中に生えている腕で目を塞いで逃れたが、この瞬間は自由に扱える腕が普通のゴーレムと変わらなくなった。

「【魔法装甲《エンチャント》：暴風《ストーム》】！」

ガードをすり抜け、加速した腕が奴の横わき腹に突き刺さる。

もろに入った衝撃は体内を突き進んでいく。

「おら！　もういっちょ！」

今度は逆側に一撃。確かな手ごたえにニヤリと笑った。

『ヴゴォォォロォォォ！』

仕上げとなる攻撃をするために両手を組んで振り下ろす体勢に入るが、そうはさせまいと4つの腕総動員で俺を捕まえようとするアルティマ・ゴーレム。

しかし、腕が完全に動ききることはなかった。

「【雷精の円環《エレキ・リング》】……いけます、師匠！」

奴の動きを予測したフィナが腕の動線上に仕掛けた雷の輪。

自ら飛び込んでいった腕はつっかえて、一瞬速度を削られたぶん伸びに欠けた。

そして、同等レベルの相手との戦いにおいて、その一瞬は致命傷に値する。

「沈めよ――【激流葬《バーサク・ブロッサム》】」

奴の腹へと思い切り手槌《てづち》を叩《たた》き込む。

3つの連続した衝撃が体内から消える前に打ち込まれたらどうなるか。

『ヴォ……』

衝撃と衝撃がぶつかり合い、体内で激しく拡散される……！

『ヴァァァァァ……!?』

ボコボコと腹部が形を変えて、ついには耐えきれずにほころびが生じる。

そう、Aランク相応の魔物がこの程度で死ぬわけがない。

だから、俺は次なる一撃を用意している。――フィナと共に。

「【螺旋風刃《トルネード・ブレット》】‼」

「――【すべてを貫く光と成れ――雷撃剣《ライトニング・ブレイド》】‼」

とどめとなる俺たちの攻撃が奴の身体《からだ》を破壊し、ぽっかりと腹に穴が開いた。

膝から崩れ落ち、アルティマ・ゴーレムの腕がだらりと地についた。

「師匠～！　やりましたね！」

「おい、フィナ。素材をはぐまでは油断をする――」

勝利を確信したフィナがパタパタとこちらへ走り寄ってくる。

――その頭上にアルティマ・ゴーレムの腕が伸びていた。

「なっ⁉」

限界を超えた一振り。確実に息の根を止めたはずなのに、動いたのは命の限界を超えた執念か、根性か。

まるで誰かへの怒りをぶつけるかのような無言の一撃がこちらに駆け寄ろうとしたフィナめがけて振り下ろされる。

「えっ」

「フィナぁぁぁぁ‼」

声に出す前に身体が動いていた。

どうにか少しだけでも彼女を攻撃の範囲外へ！

「【魔法装甲《エンチャント》：風巻《ストーム》】‼」

ありったけの魔力を足裏一点に集中させて前へと飛び込む。

人体への影響を考えずに噴出された風は俺をフィナのもとへと連れていく。

スローモーションに映る景色。濃くなっていく拳の影。

「手を広げろ、フィナ！」

影が完全に消える前に俺はフィナを抱きしめて、間一髪脱出に成功した。

ゴロゴロと無様に転がり、大木に打ち付けられてようやく止まった。

「フィナ！　大丈夫か⁉」

「は、はい……師匠のおかげで無事です」

「……そっかぁ」

ホッとした俺は力が抜けて、その場に寝転がってしまう。それに過剰に反応したのは腕の中にいたフィナだ。

「し、師匠⁉　どこか怪我《けが》しましたか⁉　死なないでください！」

「大丈夫だよ。ちょっと楽にしてるだけだから」

「で、でも……」

「本当に大丈夫だから。フィナも怪我とかないか？」

「私は師匠のおかげで大丈夫です……すみません、私が油断したばっかりに……」

「いや、あれは俺も予想外の一撃だったから。とにかく……フィナが無事でよかったよ」

「ふえっ⁉　あの、師匠⁉」

彼女の温《ぬく》もりを確かめるようにぎゅっと抱きしめる。

うん、夢じゃない。大丈夫。ちゃんと生命の鼓動が伝わってくる。

あと1歩。踏み出しが1歩でも遅かったらフィナを失っていたかもしれなかった。

そう認識した瞬間、キュッと心臓が摑《つか》まれたような気分になった。

「本当に良かった……」

そうか……これが仲間を失うかもしれない恐怖か。

「し、ししょー！　は、恥ずかしいです‼」

「えっ……あ、す、すまん！　嫌だったよな！」

「い、いえ、嫌ではないと言いますか、そのいきなりはダメで……」

指をモジモジとさせて、ぼそぼそと呟《つぶや》くフィナ。

彼女もあまり死を目の前にしたことを引きずっていないみたいで安心した。

「ははっ、悪かったよ」

「も、もう！　頭を撫《な》でれば許されると思っていませんか⁉」

腕をバタバタとさせて怒るフィナ。

なんだか日常が戻ってきたみたいで微笑《ほほえ》ましい。

「よし、長居する必要もないし、帰ろっつぅ⁉」

立ち上がろうとすると、右足に激痛が走る。感覚的に骨折か。

どうやらさっきの救出の際に折れてしまったようだ。

「師匠？　大丈夫ですか？」

「ああ、これくらい慣れてるから。回復薬《ポーション》は……あ〜あ、さっきの衝撃で全部壊れちゃったか」

「すみません、私もみたいです……」

「なら、仕方ない。これくらいの痛みなら我慢できるし、アヴァンセまで遠くもないから歩いて帰ろうか」

「だ、だったら、私が肩を貸します！」

「ははっ、身長差があるから無理だろ。気持ちだけ受け取っておくよ」

「む、むぅ……。じゃあ、私を杖代《つえ》わりにしてください！」

「は、はぁ？　何言ってるんだ、フィナ」

「ほら！　肩に手を置いて！　これなら足に体重をかけなくても移動できますよ！」

ドヤ顔でこちらを見る我が弟子。いや、歩きにくさは変わらないんだけど……でも、まぁ、いいか。彼女の好意をありがたく受け取っておくとしよう。

「重くないか？」

「はい！　大丈夫です！」

「そっか。なら、ゆっくり帰ろう。朝までまだまだ時間はある」

「お星さま見ながらお散歩ですね！」

「いいね。洒落込《しゃれこ》もうか」

それから俺たちは時折、空を見上げながらアヴァンセまで戻るのであった。

† † †

「おやおや、まさか……。せっかく追い込んで楽しんでいたのに誰かに殺されているとは」

「しかし、この辺りにこれほどの強者がいる街なんてあっただろうか」

「まぁ、いい。一つずつつぶせばいいだけのこと。所詮はどこも私の餌になる人間たちしかいない」

「あぁ……お腹《なか》が空《す》いたなぁ」

Quest-6　私が、私であるために

灯りもついていない暗い部屋。

窓から差し込む月の淡い光だけが鏡の前に立った私を照らす。

身体に巻いていたバスタオルを落としてゆっくりと一回りする。

「……っ！」

鏡に映る背中をえぐった大きな傷。

あの時の憎しみを、悲しみを、無力さを忘れないように治さなかった傷。

私の仲間たちを奪った憎き仇《かたき》を細胞レベルで刻み込むために。

「……みんな」

あの日から私の人生は復讐《ふくしゅう》のために費やすと決めている。

それがただいちばん生存確率が高いという理由で仲間たちに生かされた私にできる償いだから。

決して幸せになってはいけないのだ。

なのにもかかわらず。私は、私は……揺らいでしまった。

「……ごめんなさい、レイジさん」

彼を助けて、魔法を教えて、少しだけど時を一緒に過ごして、一言も告げずに姿をくらました。

だから、冒険者となった彼が現れた時は本当に驚いた。

それもずっと想《おも》いを膨らませ、求婚されるなんて思わなかったから。

王都魔法学院といえば名門中の名門。首席で合格したのに冒険者なんかになるという暴挙を行っていた彼には呆《あき》れたものだ。

それも当たり前のように「憧れの人と同じ職業で、同じ職場で働けるなら選んで普通じゃないですか」なんて言うものだから……。

……たまに夢見ることがある。

私が彼の師匠を続けていて、冒険者となって共にパーティーを組んで、家族のように一緒に過ごす。

そして、きっと彼の《専属》の提案を受ければ、その夢は叶《かな》う。

……なんて、今の私には過分な願いか。

「……レイジさんとフィナさんはきっと明日にはダンジョンを踏破しているでしょう」

それだけの力がフィナさんにはあるし、レイジさんも知識は豊富だ。

3日もあればあっさりと終わらせると踏んでいる。

私の休みもあと1日。

出来得る限りのことはしておかねば。

テーブルの上に並べられた冒険者時代の装備一式を見やる。

復讐を遂げるためには腕をなまらせてはいけない。

休みの日は人目のつかない場所で魔物を狩る。それが私の決まったルーティンワーク。

受付嬢になったのは、こちらの方が情報の伝達が早いから。

そして、つい最近、魔王軍幹部が……奴が活発的に活動しているという噂《うわさ》が入ってきた。

「……待っていてください、みんな」

私は必ず奴をこの手で殺す。

その日のために明日もまた魔物を狩り続けるだろう。

復讐心を握りしめる手に込めて。

† † †

ギルドはいつでも騒々しい。年々、冒険者を目指す人数は増えてきている気がする。

俺とフィナが併設された酒場で昼食を摂《と》っている間も、後ろでは喧騒《けんそう》が飛び交っていた。

「おい、聞いたか！ 【雷《いかずち》の白魔女】の噂！」

「ああ！ とんでもない高位の魔法使いなんだろ？ しかも、美しい女性らしいとか！」

「くそっ！ ギルドでも見つからないなんて、いったいどんな奴なんだ！ 仲間に引き入れたら一気に攻略が楽になる！」

「幻覚とか、実は地縛霊だったとかいろんな説があるからな……。とにかく、今は情報を集めるぞ！」

フィナがEランクになってから、まだ1日。

それなのに彼女のうわさがこちらでも出回っている。

原因はフィナが過去に一度放った第三節の雷系魔法。

あれと結び付けられ、二つ名もつけられている始末。

フィナの魔法の練度、威力はそんじょそこらの魔法使いをはるかに超えるだろう。ランクアップする前から、あの威力なのだから。

将来有望な新人と即戦力が欲しい冒険者たちは血眼になって、その謎の魔法使いを探しているわけだ。

幸い、彼女の影の薄さも相まって正体はバレていない。

そもそも噂だとなぜか身長の高い白のローブを羽織ったボンキュッボンの美人というこ

とになっている。いかにも野郎どもの理想に理想を重ねた人物像だ。
もちろんフィナにかすっている特徴はローブくらいしかないので見つかるはずもない。
ちなみに、張本人は俺の隣で肩を小さく震わせていた。
きっと恥ずかしいんだろうな。
俺も【不屈の魔拳士《バーサーカー》】なんてつけられた時は恥ずかしくて仕方がなかった。
「師匠……私、私……」
「初めてだしな。気にすることないぞ。これからも二つ名は増える」
「こんなに注目されたのは初めて……嬉《うれ》しい……」
人に飢えたぼっちウィッチは欲望に忠実だった。
なんとも不憫《ふびん》な感動である。
……まぁ、本人が満足しているなら俺は何も言うまい。
肝の据わった弟子に感心しつつ、俺はサラダを頬張った。
俺とフィナはとある人物を待っている。
というのも、アリサさんが出してくれた課題《クエスト》をクリアしてしまったからだ。
アリサさんが休みの間、時間がもったいないので新たなダンジョンに挑戦しようという
流れになった。

「ギルドはすごいですね。情報も回るのが早いですし、人もたくさんです」

「王国だけに限らず、いろんな地域にあるからな。情報収集のクエストもあるし。人の多さは……しばらく慣れるまで時間がかかるかも」

「うへぇ……」

どうやら人の集まりが苦手らしい。

自分という存在が埋もれるから。

そんな風に食事を摂っていると、ギルドの制服を着た腐れ縁が空いている席に座った。

「お待たせー。やー、ごめんね。人手不足で困った困った」

「いや、こっちこそ急に呼び出して悪かったな」

「まぁ、レイジとは長い付き合いだしいいけど……で、誰、この子？」

「この前、言ってた俺のパーティーメンバーだ」

「フィナと申します！　師匠とパーティーを組ませてもらっています！　【雷の白魔女】です！」

あっ、気に入ったのな、その二つ名。

「……連れてくるのは、1年後とか言ってなかった？」

ジトリと呆れた視線を向けるミリア。

アリサさんが休みなので、他に俺の相手をしてくれる受付嬢は彼女しかいない。

以前にミリアへ言った通りフィナを連れてきたわけだが、どうやらタイミングがよろしくなかったらしい。

「すまん。忙しかったか」

「人手不足よ。最近、冒険者の数が増えすぎ。一攫千金を夢見るバカが多いのよ」

そういえば前に魔王の幹部がどうとか話してたな。

あの情報につられた力自慢の対応に追われているあたり、やはり始まりの街。冒険者界《かい》隈《わい》の常識も知らずに飛び込んでくるバカも多くなる。

ミリアも対応に疲れているのだろう。

「あ、あの……」

「ああ、ごめんね。よろしくー、フィナちゃん。私はミリア・リリッティ。ミリアでいいよ？」

「は、はい！　お世話になります、ミリアさん！」

「うんうん、かわいい子なら大歓迎だよ。レイジに変なことされてない？」

「い、いろいろと手取り足取り教えてもらっています……えへへ」

「ちょっと待て、どうして顔を赤らめるんだ？」

多分、フィナのことだから斜め上の方向にぶっとんだ思考をしているだけなのだろう。

人と喋《しゃべ》れたとか、ご飯を一緒に食べたとか、過去の喜びに浸っているに違いない。

「……レイジ」

ミリアは人当たりの良さそうな笑みを軽蔑の表情へと変えて、俺を睨《にら》む。

「……変態」

「ああ、よく言われる」

「それになによ、この子。聞いてたよりめっちゃ小さいのにおっぱいは私より大きいし、可愛《かわい》いじゃん」

「ひゃっ⁉」

「あっ、セクハラ禁止！」

フィナのたわわに実った胸を揉《も》みしだくミリアの腕をつかんで引き離す。

人とのふれあい方を知らないフィナは身体《からだ》をプルプルと震わせていた。

「こ、これが陽キャ……。陽キャ、こわい……」

「ほら、お前のせいで怯《おび》えちゃったじゃないか」

「やー、ごめんね、フィナちゃん。今のは女の子同士で流行《はや》っている触りっこなんだ」

「えっ……そうなんですか？」

「そうそう。だから、もうちょっとだけ……」

「やめろ、エロ親父《おやじ》！　嘘《うそ》をつくな！」

フィナの純粋さに付け込もうとするミリアを無理やり引き離し、俺の横へと座らせる。

これでフィナには手を出せないはずだ。

しょうもない御託を並べて、そんなにフィナの胸を触りたかったのだろうか。

視線を上から下へ動かしていく。

……あっ。

「ミリア」

「なによ」

「大きさには人それぞれ好みはあるから心配するな」

「壁みたいな胸で悪かったわね！」

「ミ、ミリアさん！　まだまだ成長の余地はありますよ！　私より自分の胸を揉みましょう！」

「あれ？　この子もそっち系？」

「友達いない歴＝年齢のフィナにまともなフォローができると思うなよ、ミリア」

「なんでレイジが自慢気なのよ……」

さっきよりも重たいため息を吐くミリア。

どうやら彼女の中でどうしてフィナが俺の弟子なのか、その所以《ゆえん》に納得いったようだ。

いわゆる類は友を呼ぶ。

変わった奴の元には一癖も二癖もある者が集うようにできている。

「それで？　お弟子さん連れてまで何の用？」

「クエストを受けにきた」

「生憎《あいにく》だけど、初心者が受けられるクエストはないわよ？」

「大丈夫。フィナはもうEランク冒険者だから」

「はぁ？」

「嘘じゃないぞ。フィナ、あれを見せてやって」

「はい！」

フィナがバッグから取り出した骸骨王《ボーン・キング》の宝玉は彼女が初心者を脱したことを証明する。

ミリアは俺とフィナの間で怪訝《けげん》な視線を何度も往復させ、ようやく事態を理解したのか
フィナの肩をポンとたたいた。

「フィナちゃん……」

「……？　なんでしょうか？」

「あなたもこいつと同じ変人なのね」

「ええっ⁉」

あ、ショックを受けている。

フィナは変人というか、ちょっと才能に溢《あふ》れすぎているだけだ。

だから、周囲が慣れるまではこんな扱いをされても仕方がない。

ミリアは俺という前例がいるから受け入れているが、普通ならランクアップ申請すら通らないと思う。

「はぁ……。アリサさんってあんまり他の人と喋らないから知らなかった」

「最近、有名だろ？【雷の白魔女】」

「まさかこんな小さい子だとは普通思わないでしょ……はぁ」

「そういうわけだから、なにか一つ頼む。人気のないダンジョンだとなお嬉しい」

「私、いま休憩中なんですけど」

「今度、服でも買いに行くか」

「ちょっと待ってなさい。すぐに探してくるから」

ミリアはるんるん気分で受付カウンターに戻っていく。

「し、師匠……。浮気《うわき》ですか？」

「違う違う。ミリアとは学院時代の同級生なんだよ」

「そ、そうなんですか？」

「そうそう。腐れ縁ってやつ。仕事もできるし、いいやつなんだ」

「じゃあ、これまでも一緒に出かけたり……」

「あるな。飯に行ったり、買い物に付き合ったり……」

誘われて断る理由もないし、誘ったらだいたい都合がつくからな。

変態と呼ばれても変わらず付き合いを続けてくれる唯一の親友と言ってもいい。

「むぅ……」

「はいはーい、お待たせーって、なんでフィナちゃんはほっぺ膨らませているわけ？」

皆目見当もつかないので首を左右に振る。

女の子は時に不思議な行動をとるものだ。気にしてもわからないのなら仕方ないだろう。

「えらい早かったけど、ちょうどいい案件でもあったのか？」

「ミリアちゃんは優秀だからねー。あんたが好きそうなクエストは逐一チェックしてあげてるの」

そう言って、彼女は2枚の紙を渡してくれた。

ダンジョン【魔界への階段】は……フィナにはまだ早いかな。

あそこは休息をとれる場所がないし、攻略には時間がかかりすぎる。途中で撤退するにも一本道しかないので挟み撃ちに遭う可能性もある。

となれば自然ともう片方が候補になる。

ダンジョン【鏡の世界】か。

注意さえしておけば問題ないし、フィナにとっていい経験も積めるだろう。

「さすがミリア。俺のことをよくわかってるな」

「ま、まぁね。レイジのことだったら何でもわかるわよ」

「……お二人は長い付き合いですもんねー」

「うわっ、ほっぺ、もちもち」

ミリアに突かれ、ぷしゅーと膨らんだ頬から空気が抜ける。

「あんまり弟子で遊んでくれるな。それより、このクエストを受けるから手続き済ませておいてくれ」

「今週末、楽しみにしてるわよ。最近アリサさんにうつつを抜かしていたんだから」

「アリサさんは別格だから仕方ない」

「さっさと行ってこい、くそ野郎！」

「ぐおっ！」

「師匠ー⁉」

理不尽な怒号と蹴りを背に受けて、追い出されるように俺たちはギルドを後にした。

「……なんで俺は怒られたんだと思う？」

「師匠は女心をもっと理解した方がいいと思います」

ぼっちウィッチにマジトーンでアドバイスをもらったわけだが、どうも俺に恋愛（アリサさんを除く）は向いていないらしい。

まぁ、以前からわかっていたことだからな。これから学んでいくとも。

今日の俺は昨日の俺より成長しているんだ。

例えば、今のフィナの拗《す》ねた態度。

わかっているんだぞ、フィナが拗ねた理由は。

さっきミリアと喋っているとき、かまってもらえなくていじけているんだ。

心配になったんだよな、なんか輪に入れていない感じで。

わかる、俺もわかるぞ。だから、俺がかける言葉も一つ。

「フィナ」

「何ですか？」

「俺はお前のことも大切に思っているぞ」

「全然わかってないじゃないですか、師匠のバカ」

あれー？

どんどん師匠としての威厳を失っている。

でも、ちょっとニヤニヤしているのはなんでだ……？

も、もしかして、バカな俺を笑っているのか？

い、いや、あんなに純粋なフィナに限ってそんなことはないはず……！

とはいえ、このまま株を落としてもダメ。

ダンジョンでいいところを見せようじゃないか。師匠として腕の見せ所だ。

Quest-7　あなたの隣にいたいから

フィナにお小言をもらいつつ、普段通りに談笑しながら歩けば目的地にたどり着いた。

緊張するのは悪いことじゃないが、緊張しすぎるのはよくない。

こうして中に入るまでは肩の力を抜いていた方がよりパフォーマンスは発揮できる。

「師匠。ダンジョンにつきました」

「おっしゃ！　フィナ！　俺に任せろ！」

「や、やる気ですね」

「フィナに格好いいところ見せたいからな！」

「私も師匠に頑張る姿、見てほしいです！」

「じゃあ、二人でクエストクリアするぞ！」

「おー！」

二人でこぶしを突き上げ、大きく口を開けた巨大な結晶の中へと踏み込んでいく。

ダンジョン【鏡の世界】。

ここで確認されている魔物の種類は一つだけである。

投影人形《ミラージュ・ドール》。

骨格も外見も、全身透明の人形で、目にした相手に擬態する能力を持った魔物。

姿かたちも、使える魔法もすべてコピーするというなんとも厄介な奴で、勝つためには戦略を練るしかないのだ。

こいつらも流石《さすが》に思考まで真似《まね》することはできない。

うまいこと出し抜かないと、あっさりとやられてしまう。

『――【迅雷槍《エレキテル・ランス》】！』

電撃が激しくぶつかり合い、小さな電光が周囲を照らす。

同じ威力を持つ魔法は相殺《そうさい》され、フィナに擬態したミラージュ・ドールは似つかぬあくどい笑みを浮かべる。

「私はそんな顔しません！」

そうそう、フィナといえばこうやって幼い感じだ。

「お前もそう思わないか？　俺なんだから」

俺の下敷きになっているミラージュ・ドールに話しかけるが、返事はない。

気絶しているようだ。

「魔物とはいえ自分の凹《へこ》んだ顔を見るのは気分良くないな、やっぱり」

そして、踏みつぶすのも。

グチャリと音がして、首があらぬ方向に曲がる。

俺にとってこいつは脅威じゃない。所詮、技術をコピーしても意図と仕組みを理解しなければ宝の持ち腐れ。

魔法を使わずとも肉弾戦での戦いに持ち込めば、自然と勝利の女神の天秤《てんびん》はこちらに傾く。

なので、弟子の勝負を観戦していたわけだが、彼女は絶賛苦戦中だった。

「フィナ！　落ち着いて、対処しろ！」

「そうはいっても、さっきから撃ち落とされてばかりで……！」

「焦《あせ》らなくていい！　相手の出方をうかがうんだ！」

「わ、わかりました！」

アドバイス通りフィナは魔法を撃つのをやめて、偽物《にせもの》の動きをじっと待つ。

余裕の笑みを崩したのは、偽フィナ。

均衡する実力を持つ者同士が戦うとき、先手後手の差は如実《にょじつ》に出てくる。

詠唱を必要とする魔法使いの戦いとなれば、なおさらに。

さっきからフィナは完全に遊ばれていたが、少しでも落ち着きを取り戻したならそうはいかない。
一定の距離を保ったまま、にらみ合って動かない両者。
『…………くそがっ！』
しびれを切らしたのは、ミラージュ・ドールだった。
『【紫電よ、奔《はし》れ――】』
同時に駆け出すフィナ。
だが、いまだに魔法を唱える気配はない。
『【雷精の戯れ《スパーク》】！』
一瞬のうちに身体《からだ》をしびれさせる電撃がフィナへ襲い掛かる。
しかし、彼女は被《かぶ》っていた帽子を放り投げ、自分に当たる前に魔法を処理した。
「はぁぁぁ！」
『ぐぎゅっ⁉』
次なる魔法を唱えようとした偽フィナの口めがけて、容赦なく杖《つえ》を振るうフィナ。
ためらいなど一つもない素晴らしい一振りだった。
緑の血を垂らしながら、倒れる偽フィナ。
『て、てめぇ……』

「私はそんな汚い言葉は使いません！」

『ふごっ！』

追撃（物理）。

おい、どうした魔法使い。

いや、その戦い方が悪いとは言わないけどな。

結局、フィナはそのまま偽フィナが原形をとどめないほどに杖で殴り、その腕が止まったのはミラージュ・ドールの擬態が消えた時だった。

「師匠、やりました！」

笑顔とピースサインをするフィナ。

嬉《うれ》しいのはわかるが、頬についた血をぬぐってくれないと狂気しか感じない。

俺は布切れで汚れをふき取ってやると、地に落ちている焦げた白帽子を拾いあげる。

「あっ……もう使えそうにないですね」

「……大切なものなのか？」

「お母さんに冒険者になったお祝いに買ってもらったんです。一か月もしないうちにダメにしちゃった……」

あちゃー、と頬をかくフィナ。

……そんな空元気を見せられたら、さすがにな。

「明日、新しい帽子を買いに行くぞ」

「はい、行きましょう、師匠！」

「食い気味だな、おい」

「えへへー。どんどん行っちゃいましょう！」

そう言って、フィナは軽くスキップをしながら前を進む。

……これは一計を案じられたか？

弟子のちょっとした小悪魔な部分を感じた俺も離れないように、早足で彼女の隣に並ぶ。

「それにしても、さっきのフィナの凶暴さは驚きだったな」

「あ、あれは違うんです！　口の悪いあの魔物にちょっとイラっとしちゃって、魔がさしただけで！」

「今度から俺もフィナを怒らせないように気を付けないとな」

「も、もー！　ししょー！」

恒例のぽかぽかパンチを右腕でさばきつつ、俺は気の探りを入れる。

このダンジョンは壁だけに飽き足らず、天井も床でさえも鏡で囲まれているのが特徴だ。

メンタルの弱い者が来たら自分を見失いそうな作りで、長居すればどんどん自我があやふやになっていく。

故に他のダンジョンに比べて、ほとんど人は寄り付かない。

方角も、自分がどこにいるのかもわからなくなったら、終わりだからな。

そんな時に役に立つのは俺が重宝している『魔力を感知する』技術である。

「フィナ。ちょっと待て」

「はい」

俺からの静止に従い、フィナは杖を構えて、前方を見据える。

……思ったより強敵だな。

フィナより魔力が高い。

それも二つ感じるってことは、一人でここに潜っているバカが交戦中というわけだ。

ソロに関しては俺が言えた口じゃないが、他のミラージュ・ドールが寄ってきたらマズい。

「師匠、どうしますか？」

同じく魔力を探知したのだろうフィナが指示を仰ぐ。

「加勢に行く。一人は間違いなく冒険者だ。俺の後ろについてきてくれ」

「わかりました」

彼女の返事を聞いて、俺たちは走り出す。

徐々にその距離は近づいていき、姿を視認できるようになる。

そして、完全に視界に冒険者と魔物をとらえた瞬間、俺は思わず動きを止めてしまった。

なぜなら、俺の目の前で激戦を繰り広げていたのは。

「アリサさん⁉」

よく知るギルドの受付嬢だったのだから。

「っ⁉」

俺の声で、こちらに気づいた彼女は目を見開き、気を取られ――生まれた隙を狙われた。

「くっ！」

強烈な一撃にバランスを崩し、転んでしまうアリサさん。

ミラージュ・ドールは勝利を確信して、剣を振り上げた。

「【風術《ウインド》：加速《アクセル》】‼」

風魔法による加速を行い、人体の限界の速度を出した俺はミラージュ・ドールの腕をつかむと背負うようにして地面へたたきつける。

胸にたまった息をこぼすアリサさんを模した魔物。

「二度とその面を模すんじゃねぇぞ」

反撃の余暇を与えることなく、顔に拳を叩《たた》き込んで絶命させた。

荒くなった呼吸が静けさの中、反響する。同時に気まずさが蔓延《まんえん》していた。

いろいろと聞きたいことはあるし、向こうも話したいことはあるだろうけど、とりあえずは。

「怪我《けが》はありませんか？」

「……はい、ありがとうございます」

手を差し出すと、彼女はそれを摑《つか》んで立ち上がろうとする。

だけど、腰を上げる前にフィナがアリサさんに飛びついた。

「アリサさん、大丈夫ですか⁉」

「え、ええ。おかげさまで何ともありません」

「よかったです……本当に……」

そう言ってフィナはアリサさんの胸に顔をうずめる。

その声はいつもよりわずかにくぐもっていた。

さっきの瞬間。フィナは冒険者として初めて人の死を近くに感じ取ったのだ。それも親しい相手となれば、彼女の頭によぎった不安は大きいものだっただろう。

「アリサさん」

「ええ。すみません、ご心配をおかけしました」

彼女は優しくフィナの頭を撫《な》でる。

めでたしめでたし……と終わりそうないい雰囲気だが、そういうわけにはいかない。

アリサさんも理解しているからこそ、まだ緊張を解いていない様子でこちらを見ている。

いつもなら愛の言葉でも投げかけているところだが、あいにくとそんな気分ではない。

「アリサさん。どうして受付嬢のあなたがここに？」

「……私が理由を言うとでも？」

「冒険者や王国騎士団以外がダンジョンへ潜ることは禁止されているのは知っていると思いますが」

「…………」

視線は交差し、互いに譲ることはない。

だから、よくわかった。

いつもは気丈で、ゆるぎない我を内包しているアリサさんの瞳が震えていることに。

数分の静寂の後、ため息を吐いて先に折れたのは俺だ。

「……わかりました。今回は見なかったことにします」

「……私が言うのもあれですが、いいのですか？」

「話したくないんですよね？　だったら、俺はここであったことは黙っておきます」

俺はアリサさんと目を合わせるようにしゃがみこむ。

ほんの僅か潤んだ彼女のきれいな瞳が眼前にあった。

抱きしめれば壊れてしまうくらいに、今の彼女は儚《はかな》く思える。

毎日アリサさんを観察している俺が言うんだから間違いない。

よっぽどの事情がない限り、ギルドの受付嬢が一人でダンジョンにいるわけがないのだ。

「それに俺とアリサさんは将来的に夫婦になるんですから、その時にでも聞きますよ」

「その未来は絶対に来ませんので迷宮入りですね」

「なので、言わなくて大丈夫です。結婚した後に、いっぱい聞きますから」

「話がかみ合いませんね。……わかりました。ご厚意に甘えます」

「ですが、もちろん条件はありますよ」

「私の身体《からだ》を許すつもりはありません」

「アリサさん。今は真面目な話をしています」

普段よりも低くなった俺の声にアリサさんは思わずといった形で顔を上げた。

話は聞かない。無理やり聞き出す真似《まね》はしたくないから。

だけど、彼女が引退した身でダンジョンへ入ったことは許すつもりはない。

「命を失う危険があったのは理解していますよね」

「……ええ。もちろん理解したうえでの行動です」

「アリサさん。もしかして自分は死んでもいいと思っていませんか？」

「…………」

「そんなこと、亡《な》くなったパーティーメンバーの人たちは望んでいないと思いますよ」

「……は？」

ギロリと普段の冷たいとは意味が違う、鋭い強者の圧がこもった瞳が俺をにらみつける。

「あなたに彼女たちの何がわかると――」

「――わかりますよ」

「っ……！」

怒りの感情を見せた彼女の言葉を遮って、断言する。

アリサさんは責任感の強い人だ。

自分だけが生き残り、仲間たちが死んだことに罪悪感を抱いているのではないかと常々思っていた。いいや、俺の知っているアリサさんならきっとそうする。

残りの人生をパーティーメンバーの無念を晴らすために捧《ささ》げるほどの罪悪感。

彼女はきっと俺より魔王軍幹部の活動が活発になっていたのを知っていたはずだ。

そして、噂《うわさ》になっている幹部の正体……そいつが彼女の復讐《ふくしゅう》相手なのだろう。

でなければ、アリサさんがこんな暴走をする理由が考えられない。

「同じ……いや、負けないくらいにアリサさんを大切に想《おも》っているからこそ、絶対にそんな最期《さいご》は望んでいないと思います」

そう言って、俺はアリサさんの手を包み込むように握る。

俺に流れる血が、温《ぬく》もりが、想いが彼女に伝わるように。

「アリサさん。あなたがいなければ死んでいた命が目の前にあります」

「そして、あなたが救ってくれた命はまた新たな命を救っている。あなたが教えてくれた正義は今も俺の中で生きている」

「だから、あとは弟子の俺に任せるくらいのつもりで、アリサさんは自分の人生を楽しんでいいんですよ」

「俺はもっとアリサさんの笑顔が見たいです」

アリサさんからの返事はない。

だけど、きっと俺の心からの願いはちゃんと届いているはずだ。

俺の知っているアリサさんは【氷結の冷嬢】なんて呼ばれる血も涙もない人物ではなく、人の気持ちを理解できる優しさを持ち合わせている人だから。

「……っ……！」

アリサさんは俺から目を逸《そ》らすように、顔をそむけた。

気まずさからだろうか？　確かにあんな風にアリサさんと真面目な空気で会話をした経験はない。

ともかく、いったんこれで重苦しい話は終わりだ。

空気を換える意味も兼ねて、俺は何事もなかったようにいつもと変わらぬ調子で話しかけた。

「……さて。今回は俺がアリサさんを助けたわけですし、何かお礼が欲しいですねぇ。デートでいいですよ？」

「わかりました」

「ええ、わかってます。でも、ゴブリンは勘弁……え？」

用意していたリアクションにそぐわぬ返答に、思わず間抜けな声が漏れてしまう。

「ア、アリサさん？　今、なんて？」

「あなたの要望を受け入れると言いました。今度の休日で構いませんよね」

「え、あ、はい」

「それでは決まりということで」

アリサさんは【氷結の冷嬢】の名に違《たが》わぬ雰囲気ではっきり言い切る。

ちょっと待ってくれ。

展開が急すぎて、ついていけない。

今までの苦い思い出が目の前のアリサさんは偽物《にせもの》だと警報を鳴らすが、このスベスベな手はアリサさんのもの。

「……平手でいいですか？」

「優しくしていただけると助かります」

「はぁ……いえ、私もらしくないことを言った自覚はあります。けど、それはレイジさんへの好意などではありませんから。私自身のためです」

そう言って、彼女は俺の手からスルリと抜ける。

「私はレイジさんのことは信用しています。あなたは私にだけは誠実な人間だ」

「アリサさん！」

「私がわがままを言えば、あなたはそれを呑《の》むでしょう。私はあなたからの愛情を利用している。打算しかないんです。先のデートを受けた行為にも、あなたへの好きは含まれていません」

「アリサさん……」

「レイジさんにはきっとお似合いの方がいます。あなたみたいに純粋に愛を語れる人はそういません」

フィナと初めてクエストをこなした、あの時のように。

彼女は一瞬だけ冷たい雰囲気を崩す。

けれど、浮かべる笑顔は悲しみに暮れ、もがき苦しんでいた。

「醜い私には、あなたは眩《まぶ》しすぎる」

どんな感情が彼女の中で渦巻いていたのか、俺には理解できない。

でも、今の言葉はアリサ・ヴェローチェの心の器からあふれてしまった心の声だとわかった。

ならば、俺のすべきことはただ一つ。

「アリサさん。俺はあんな心のこもっていない罵倒の羅列で諦める男ではありませんよ」

彼女に俺という光に慣れてもらうまでだ。

「……そう、ですか」

「というわけなので、さっそくお姫様抱っこでもして地上に」

「それは許可しません」

すでに冷嬢モードに戻っていたアリサさんはスッと横を通り抜け、出口へ続く道を歩いていく。

その場に取り残され、行き場の失った俺の手。

「えっと……お願いします、王子様」

フィナがそっと手を乗せて、代わりに応えてくれる。

愛弟子《まなでし》の優しさに心打たれた俺は彼女を抱きかかえ、アリサさんのあとを追いかけた。

隣に並んだあとは口説き文句を連発するが、いつものごとく悪口で返される。

そんなやりとりは今までと変わらないように思えたけど、罵倒にはキレがないように感じた。

† † †

「改めておめでとうございます。これで名実ともにEランク。つまり、もうフィナさんを初心者と呼ぶ者はいないでしょう」

そう言って、アリサさんは彼女にギルドカードを返す。

新人冒険者たちからすれば、その討伐実績欄に記された骸骨王《ボーン・キング》という名前は輝いて見えていることだろう。

「ありがとうございます！」

「よかったな、フィナ」

ぴょんぴょんと跳ねて、喜んでいる彼女の頭を撫《な》でる。

ダンジョン【鏡の世界】でのアリサさんとの遭遇から翌日。

昨晩のうちにとある作戦を立てておいた俺とフィナは、企《たくら》みがバレないように気を付けながら、アリサさんとお話ししていた。

こういったギルド指定の魔物を討伐した際は討伐実績としてギルドカードに対象の魔物の名前が刻まれる。

それが直接、冒険者としての実力の評価になるからだ。これには冒険者に対して適切なクエストかどうか、ギルドが判断する基準になる役目もある。

冒険者は入ってくる人数も多いが、途中で退場する数も同じくらいいる。

少しでも死者を減らすための工夫というわけだ。

「しかし、これでお二人とも王都に行ってしまうと思うと寂しいですね」

「いやいや。いきませんよ」

「それはフィナさんのためになりません。もっと経験を積ませてあげなければ」

「フィナともちゃんと話してあります。Eランクとはいえ彼女はまだ冒険者としての知識は足りていません。もうしばらくここで教えるつもりです」

「……そうですか」

「それに俺がいなくなったらアリサさんも寂しいでしょ？」

「……ちっ」

アリサさんの顔が見られないなんて、それが原因で死んでしまう。

しかし、実際フィナのことを考えるなら俺も王都へと活動の場を変えなければならないのも事実。アリサさんとの関係に決着をつけるタイムリミットができたと思わなければならない。

両方を成し遂げてこそ漢《おとこ》というものだ。

ところで、小さく舌打ちも聞こえたんだけど気のせい？

気のせいだよね。戦いすぎて、疲れちゃったかな？

そうと決まればアリサさん成分を補充しなくちゃ。

「アリサさん。もう上がりの時間ですよね？　一緒にご飯に行きませんか？」

「わざわざこんな時間に来たのはそのためですか？　おひとり様で楽しんでください」

「私もアリサさんとご飯食べたいです！　もっと仲良くできたら嬉《うれ》しいですから！」

「うっ……」

フィナの純粋な欲望しか込められていない期待のまなざしにアリサさんもたじろぐ。

数秒のフィナ・ビームに屈した彼女はため息をもらして、眉間を指で押さえる。

「……わかりました。外で待っていてください」

「……！　はい！」

「一押しの店があるので案内しますね！」

「……私はフィナさんと食事をするのであって、あなたは関係ないのですが」

「財布でいいんで！　お見送りまで全部やらせてもらうんで！　お願いします！　お願いします！」

「わ、わかりました。わかったので、壊れた機械のように頭を上げ下げするのをやめてください」

「はい！」

言われた通り、動きを止める。

アリサさんは呆《あき》れた顔をして首を振ると、奥の従業員専用ルームへと姿を消した。

私服に着替えてくるのだろう。

俺は勝利の雄叫《おたけ》びを上げると、功労者であるフィナとハイタッチを交わす。

「よっしゃぁ！」

「よかったですね、師匠！」

「ああ！　フィナのおかげだ！」

「もしかして、私ってえらいですか!?」

「ああ、世界一えらいぞ、フィナ〜」

ククク……ここまで計画通り。

フィナがお友達欲しさにアリサさんを誘い、俺が全力で便乗する。この形を取ればアリサさんは断れないだろうと踏んでいた。

ふっ、過程なんてどうでもいいのさ。

アリサさんとお食事に行けるという結果が大事なのだ！

「おいおい、【不屈の魔拳士《バーサーカー》】の野郎、ついに子供まで利用し始めたぜ……」

「連敗のあまりに手段を選ばなくなってきたか……」

ハハハ！　なんとでも言うがいい、負け組！

意中の相手とプライベートな時間を過ごせる俺が勝ち組なんだよ！

ご機嫌な俺はフィナを抱き上げ、クルクルと回りながら玄関へ向かう。

とにもかくにも今日のＭＶＰはフィナだ。

もう一度、彼女にお礼を言わないとな。

「フィナ……本当にありがとうな」

「師匠……」

「おう。今ならワガママでも聞くぞ？」

「目が回って、吐きそうです」

「あっ、ごめん」

俺は回復薬《ポーション》を取り出すと、酔った彼女に飲ませる。

気分が少しでもマシになるように背中をさすった。

「ふぅ……師匠。ありがとうございます」

「なら、よかったよ。いや、本当にごめんな」

「お待たせしました。……フィナさんの顔色が優れないようですが……」

「ポーションを頂いたので平気です！」

「普通はポーションを風邪薬代わりにはしないのですが……本人がそう言うなら、とやかく言いません」

彼女は踵《きびす》を返すと、くいっと顎で騒がしい夜の街を指す。

……はっきり言おう。

【氷結の冷嬢】が思わず顔を綻ばせてしまう店はこの街にあるわけない。

そもそもアリサさんとのデートシミュレーションをこれまで毎日繰り返してきた俺はア

ヴァンセの店はほぼ網羅している。

それにアリサさんだって俺よりも長くこの街に住んでいるのだから、ある程度は把握しているはず。

だがしかし、本日俺たちが向かう場所はアリサさんも絶対通ったことがないと断言できる。

なぜなら、そこはアリサさん専用の場所だから。

チラリとフィナと目を合わせる。

準備は万端だ。

「任せてください。とびっきり美味《おい》しいものをお出ししますから！」

胸をたたいて、俺はアリサさんに手を差し出す。

「茶番はいいですから。早く向かいましょう」

「…………」

「……師匠。私とよければ」

「……ありがとう、フィナ」

しかし、彼女はやはり握ってくれないので、フィナが代わりに手をつないでくれるのであった。

†　†　†

「……レイジさん」

「なんですか？」

「……この道、私はつい先日歩いた覚えがあるのですが気のせいでしょうか？」

「気のせいじゃないですか？　あっ、そこを右に曲がってください」

「……はぁ」

俺の案内の言葉でアリサさんは確信したのだろう。

今のは諦めのため息だ。

アリサさんの言う通り。

俺たちが歩いたその先にあるのは——我が家になった元貴族の別荘。

「腕によりをかけて作るので楽しんでください、アリサさん！」

フィナが逃がさないようにアリサさんの手を握る。

それを確認した俺は鉄柵の門を開けて、彼女たちの方へと向き直った。

「ようこそ、アリサさん——」

「『俺たち（私たち）の家へ‼』」

「……その『たち』の中に私が入っていないことを祈ります」

† † †

時をさかのぼって昨晩のことだ。

アリサさんと別れた後、俺はなぜか抱っこ状態から離れないフィナを抱えたまま街を歩いていた。

変な奴を見る目で注目を集めているが、今さらなので気にもならない。

そして、フィナは人からの認識を浴びることでご満悦の様子。

彼女のメンタルも変な方向にかなり強い。

「私……師匠が私の師匠でよかったです」

「そんな感謝のされ方をするとは思っていなかったな」

それはさておき。俺たちがギルドでの報告を終えて、まだわかれていないのには理由がある。

ようやく契約がまとまったあるものを彼女に見せるためだ。ちなみに、まだ内緒にしているので彼女は知らない。

「それにしても珍しいですよね。師匠がアリサさんにアタックしないなんて」

「ん？　そんなに変だったか？」

「はい。ダンジョンで危ない目に遭ったばかりですし、てっきり家に送る名目で住所を特定するのかと」

「え？　俺ってそんな印象なの？」

「えっと……ことアリサさんに関しては……」

とんでもない事実が発覚したところで目的地に着いた。

まだ何も教えられていないフィナは首を傾《かし》げている。

「師匠？　ここは？」

「俺たちの家だ」

「たち……？」

「そう」

「一緒に住む？」

「パーティーハウスだからな」

フィナは自分と俺を交互に指さす。肯定すると、彼女の目が光り輝きだした。

俺が門を開けると一気に駆け出して、扉をバンと開ける。

「わぁぁ〜！　広〜い‼　広いです、師匠‼」

「気に入ってもらえて何よりだ」

「本当にここに私も住んでいいんですか⁉」

「ああ。一緒に住むにあたってのルールは追々決めるとしよう。その前にフィナに協力してもらいたいことがある」

「はい？　なんでしょう？」

「アリサさんにもここで生活してもらう。そのための第1歩だ。ところで、フィナ――料理は得意か？」

それからは流れ通り。

朝のうちに必要な道具と食材を調達。

アリサさんとの時間を作るために食事にフィナが誘い出す。

フィナは学院時代に時間があまりに余りまくっていたらしく料理の腕にはかなり自信があるらしい。『らしい』というのは振る舞う機会がなかったからとのこと。

俺もまた自炊できる男性はモテるというのを耳にして、一時期かなり打ち込んでいた。

肝心のアリサさんには食べてもらえていないのだが、ミリアからも好評だったので問題ないだろう。

要となる部分に問題がないのを確認し、見事にアリサさんを捕まえることに成功した俺たちは手料理を振る舞う。

そして今、３人で食卓を囲んでいた。

しかし、手が進んでいるのはアリサさんだけ。

俺は目の前でいつもより目を輝かせながら、ご飯を食べているアリサさんの姿を記憶に焼き付けるので忙しい。

フィナは予想していないアリサさんの様子に唖然《あぜん》としていた。

「ふむ……すごくおいしいです」

アリサさんは何度もうなずきながら、俺とフィナの料理を堪能《たんのう》している。

テーブルの上に並べられた手作り料理を平らげていく。

「これは……焼く前にしみ込んだ香辛料がアクセントを与えてくれて飽きが来ません。 5
本とも違った味付けで、優しい味から、ちょっとパンチの利《き》いたものまで……」

そんなコメンテーターみたいに解説をしながら、焼かれた小ぶりの鶏肉《とりにく》を棒で刺した料理を食べる。

カチャリと空になった食器を重ね、用意されたおしぼりで口をぬぐう。

そんなアリサさんを眺める俺はニコニコしながらも、内心はすごく焦《あせ》っていた。

よかった……！　ついでに数日分の食材も買い溜《だ》めしておいて本当に良かった……！

積まれた大皿は10枚。

実に普段、俺が食べる量の数倍である。昔はこんな大食いな面を見せていなかったから我慢でもしていたのだろうか。

あれだけの量、どこに消化されているんだ……？

やっぱり胸だろうか。

ウエスト細いし。

おっぱいだな。けしからんおっぱいに栄養が全部いっているに違いない。

「師匠。目線がいやらしいですよ」

俺の視線の先に気づいたフィナがジト目で指摘する。

ふっ、甘いな、フィナは。まだまだお子ちゃまだ。

俺とアリサさんはすでに大人の関係なのさ。

「フィナ。俺がアリサさんにしてきたプロポーズの中にはこんなのがある。——母性を感

じる胸が好きです、結婚してくださいってな」

「最低ですね⁉」

「ああ、ありましたね、そんなことも」

「アリサさんもなんで平然としているんですか⁉」

彼女に惚《ほ》れて、告白をするようになった最初期。

とにかく褒めて褒めまくって気持ちを伝えようとした俺はアリサさんから『変態』との言葉を授かった。

思えば、そのころからだな。

ギルドで俺に話しかけてくる奴がいなくなったのは。

……あれ？　ただの自業自得《じごうじとく》なのでは？

「師匠が、その……ぼっちな理由が理解できた気がします」

「ぼぼぼぼっちじゃねぇわ！　ほら？　アリサさんとはデートもするし、実質もう恋人といっても過言ではないのでは⁉」

「一方的な愛情ですけどね」

「どんな理論ですか、それは」

二人とも冷たい。

フィナまでフォローしてくれないのは心にクるものがある。

「ゴホンっ。そうだ、アリサさん。今度のデートでどこか行きたいところはありますか？　この街じゃなくても俺は全然問題ないですよ」

「あなたが勝手に決めていただいて結構です。それに合わせますので」

会話終了。話題を広げるとっかかりすらなかった。

呆然《ぼうぜん》とする俺をよそにアリサさんは立ち上がる。

「もういいでしょう。今日はお開きということで」

「あ、えっと、えっと……」

フィナがなんとかこの場にとどまらせようと頑張ってくれているが、いい案は浮かばないようだ。

「ごちそうさまでした。フィナさんは今度また二人きりで食事にでも行きましょうね」

「あっ、はい……！」

『はい』じゃないが、愛弟子《まなでし》!?

しまった、まさかここで彼女のぼっち属性を逆手に取られるとは……！

遊ぶ約束をして満足してしまったフィナの頭の中はもうそのことで一杯だろう。

ぽわぽわウィッチの頭を撫《な》でると、アリサさんは玄関へと向かう。

「ア、アリサさん！　俺との食事には行ってくれないんですか⁉」

何とも心底面倒くさそうな表情をされた。

「……そうですね。次からは普通に誘ってください」

「誘ったら来てくれるんですか⁉」

「いえ、断りますが」

「その流れはおかしくない？」

上げて落とされた。

どうしてそんなひどいことをするのか。

俺はただ一途《いちず》にアリサさんを想《おも》い続けているだけなのに。

「それでは失礼します。また明日」

肩を落としていた俺に構うこともなく、アリサさんは家を出る。

「あっ、待って、アリサさん！　家まで送りますから！」

ポールハンガーにかけておいた上着を羽織ると、慌てて彼女を追いかける。

外に出ると夜空は深みが増していて、我こそが一番だと星々がきれいに輝く。

隣で憂い顔をしているアリサさんには敵《かな》わないけれど。

パーティーハウスでの夜会を終えた俺と彼女は大通りから逸《そ》れて、住宅街へ続く道を歩いていた。

……嘘《うそ》だ。

さっきから誰ともすれ違わないし、アリサさんは絶対に帰宅路と違うルートを選んでいる。

「……アリサさん、こっちであってます？」

「いいえ。ストーカーされないように適当に進んでいます」

「それって共通認識なの？　俺はそんなことしませんから」

「では、どうしてついてくるのか聞きたいところですね」

「ボディーガードですよ。夜道を一人で歩くのは危ないでしょう」

とりあえずアリサさんを引き留めたい一心で出てきてしまったが、言葉に嘘はない。

とはいっても心配なのは『アリサさんが襲われる』ではなく、『アリサさんがダンジョンへ行く』可能性があることだが。

「正直に言っても怒りませんよ」

「アリサさんと長い時間一緒にいたいからです」

「ちなみに私が迷惑だと言ったら？」

「少し離れた後方からアリサさんの安全を確保します」

「あなたの方が怪しくなっているのですが……私は元Sランクの冒険者。心配には及びません」

「でも、今はただのギルドの受付嬢ですから」

「あなたよりも私が強いでしょう」

「だとしたら、アリサさんの目は衰えていますね」

「……つくづくあなたは不思議な人だ」

理解できないといった感じで、アリサさんは肩をすくめる。

俺が1歩も引かないので諦めたようだ。

「こんな女に尽くしても時間の無駄だというのに」

「それを決めるのは俺ですから。俺にとって、あなたと喋《しゃべ》る時間は人生の中で最も幸福なひと時なので」

「本当に訳がわからない。……だからこそ、私も頭を悩ましているのですが」

「変態で申し訳ない」

「そこは慣れました。まったく……昨日の今日でこんなことしますか、普通」

「アリサさんに《専属》になってもらいたい気持ちは本当です。同時に一つ屋根の下で暮らしたいという欲望も本物です」

「……勘違いせずに聞いてほしいのですが」

彼女はくるくると金色の毛先を指で弄《いじ》る。

何かを言いよどみ、やめようとして、また口を開く。

「あなたが好きになったのが私でよかったと思っています」

「……え？」

……デレた？　アリササんが？

これは夢か……？

「アリサさん！」

「だから！　勘違いしないでと忠告しましたよね！」

抱きしめようとする俺だったが、顎に掌底をもらって突き飛ばされる。

「どうして⁉　両想いなのに⁉」

「違います。私でなければ今ごろあなたの恋愛表現ではお縄についていますよという意味で言いたかっただけです」

「じゃあ、わざわざあんな言い方しなくてもよくない⁉」

「……ああ言えば、あなたからの好感度が上がるでしょう？　私からすれば、そちらの方が都合いいので」

「……アリサさん」

「なんです？」

「俺の好感度はすでに最高値なので上げる必要はありませんよ」

「…………」

反論できないからなのか、彼女は顔を背ける。

俺がアリサさんを大好きすぎるソースは大量にあるので否定できないからだろう。

そもそもアリサさんマイスターの俺から言わせてもらえれば、彼女の言動は矛盾の塊なのだが。

打算をもって俺の好感度を上げようとするなら「都合がいい」なんて教える必要がないのだから。

つまり、これらから導かれる結論は……！

「ちゃんと伝わっていますよ、アリサさん。あなたが俺を想ってくれている気持ち」

「なんら伝わっていないようで安心しました」

圧を感じるすごくいい笑顔で返されてしまった。

アリサさんの笑顔はなかなか見れないので、俺も嬉《うれ》しくなって正面からニコニコと見つめる。

「……あまり見つめるのはやめてくださいますか」

「ああ、すみません。俺に惚れてしまいますもんね」

「よろしければ整形して差し上げますよ。それはもうボコボコに」

不細工になりそうなので丁重にお断りしよう。

「さて、会話もほどほどに帰りましょう。あまり遅くなってもいけませんし」

「……話を戻しますが、必要ありません。ここでお別れしましょう」

「アリサさんが一人でダンジョンに行かないと約束してくださるなら俺も引きます」

「わかりました。行きません」

「じゃあ、約束を反故《ほご》したら俺と結婚する魔法の契約を結んでください」

「……私を好きだと言うならば、もう少し信用してくれてもいいのでは？」

「大好きだから信用しています。アリサさんは意志を貫こうとする人だと」

「……本当に厄介な弟子を持ってしまいました」

「これは前にも言いましたが……あなたにはあなたの事情がある。でも、それは俺がアリサさんを諦める理由にはなりません」

俺には実直に伝えるという手段しかない。

どうやったら自分に惚れてくれるか。

小賢《こざか》しい知恵を働かしても失敗するのが目に見えてる。

アリサさんが好きだというのはゆるぎない事実。

最初は一目ぼれだった。

それから会話を交わすようになって、どんどん彼女を知って、もっともっと好きになっていく。

「……言いましたよね。あなたとは打算的な関係だと」

「たとえそうだとしても、アリサさんの役に立てるなら俺は嬉しいですし。アリサさんの言うことなら何でも聞くくらい好きですし」

昨晩に改めて考えてみたのだが、利用されているから何が問題なのか。

俺はアリサさんの好感度を稼げるし、彼女は喜ぶし。両者ともに得している。

彼女が俺に価値を感じる間はずっと一緒に居れるので、逆に幸せなんじゃないかとも思う。

そもそも打算だけの関係で俺が終わらせるわけがない。

「……だから、どうしてあなたは……」

少しばかりの怒気がこもった彼女の声は震えていた。

アリサさんが向ける本当の敵意が込められた視線を俺は受け止める。

冷静で感情の変化に乏しい彼女が、自分の思いを制御できなくなっていた。

「いい加減にしてください。私なんかより……仲間を見捨てて逃げたような卑怯《ひきょう》な女なんかより、あなたには素敵な人が――」

「俺にはアリサさんしか見えていません。他にはいない。俺が隣にいてほしいと思うのは、あなただけだ」

そう言って俺は彼女の手を握る。

「――っ」

力を入れたら折れてしまいそうな小さな手。

ピクリと彼女の指先が動く。指と指が絡《から》まることはない。

だけど、明確に拒絶もされなかった。

ほんのわずかに。それこそ意識していなければ聞き漏らしてしまいそうな嗚咽《おえつ》が耳に届く。

彼女へと目は向けない。

ただあなたの助けになりたい男がここにいると、アリサさんに想いが伝わってくれたら嬉しい。

冷たい彼女の手が少しでも温かくなるように、ぎゅっと握りながらそう思った。

† † †

互いに一言も発せず、ただ指先にある体温だけをつながりにして、道を歩く。

アリサさんの歩く速度に合わせて、彼女が進みたい方向へと従うだけ。

やがて彼女は住宅街を抜けた先にある小さな一戸建ての前で足を止めた。

「ここでよかったですか？」

「はい。……その、今日は……ありがとうございました」

アリサさんは羞恥を感じると、露骨に顔を背ける癖があるようだ。

照れを紛らわすためなんだろうが、元がクールな分、微熱を帯びた頬に子供らしさを感じる。

ギャップとして現れた新たな魅力にまた心惹《ひ》かれた。

「お恥ずかしいところも見せてしまいましたし……」

「……何かありましたっけ？」

「……あなたの言う通りですね。ごめんなさい。私の勘違いだったみたいです」

俺がすっとぼけると、彼女もそれに合わせる。

俺たちはただ二人で歩いていただけ。それ以外の事実はない。

そういうことにしておいた方が互いに幸福だろう。

「ええ。それに恥ずかしいと言うなら……普段から俺の方が恥ずかしい姿をお披露目しているので気にしないでください」

「……ふふっ。そうですね。私がいちばん知っていることでした」

今日のアリサさんはこらえきれない風に笑い声を漏らした。

ひとしきり笑った後、満足した彼女は表情を硬くすることなく、俺と目線を合わせる。

「すみません。どこまでも変わらぬ姿勢を貫くあなたを見ていると、自分自身が少し馬鹿らしく思えてしまって」

「そんな高尚なものでもないです。俺はアリサさんが好きというだけで」

「それでも、ですよ。あんなにフラれて、切り捨てられても態度を変えない精神力だけは……少し尊敬します」

それは未《いま》だに過去を清算できない自身への自嘲のようにも聞こえた。

「でも、俺はアリサさんとああいうやりとりをするのも好きですよ」

「……そういう実直な優しさも、ですね。きっとあなたは私を諦めさえすれば、すぐに恋人ができると思います」

「ははっ。それはないです」

「過大評価ではありませんよ。現にミリアさんだって」

「――そっちではなくて。アリサさんを諦めるという可能性の方です」

アリサさんを好きになっていなければ、そもそも今の俺もいないわけで。

きっと故郷の村で両親と一緒に鍬《くわ》を振り下ろしているだろう。

レイジ・ガレットの人生からはどうやってもアリサ・ヴェローチェは切り離せない。

アリサさんがいたから魔法学院を目指して、アリサさんに近づきたくて勉学に励み、アリサさんを幸せにしたくて冒険者になった。

他人からすれば、こういうのを狂っていると言うのだろうか。

だけど、俺は他のやつらから嗤《わら》われても貴女《あなた》を愛したい。

全身全霊の愛をアリサさんに伝えたい。

「……どうあっても、私を諦めるという選択肢はないんですね」

そう言う彼女の面持ちは今までの暗く、冷たいものじゃなかった。

俺の瞳をのぞき込んで、アリサさんは柔らかな微笑《ほほえ》みを浮かべる。

氷で作られた仮面《むひょうじょう》を取り外して、彼女は素敵な素顔を見せてくれる。

「レイジさん……あなたはやさしくて、残酷な人だ」

以前から変わった彼女からの評価。

泣きながら狂喜乱舞してしまうところだが、彼女の言葉にはまだ続きがあった。

「多くの愛情を向けられて、受け入れるのが怖くもあります。私はあなたの愛に応えられる高尚な人物じゃない。でも……」

アリサさんは初めて自分から指を絡ませてくれた。

感じる震え。緊張している。きっと二人とも。

恐る恐る指先を触れ合わせて、きゅっと軽く包み込む。

「……少しずつ、あなたの愛に頼っていきたいと……そう思ってしまっている自分がいるのも確かです」

「アリサさん……」

「時間はかかると思います。相応《ふさわ》しい女になれないかもしれません。ただ、もし私が自分を許すことができたなら……」

ゆっくりとアリサさんは顔を上げる。

紅に染まった頬。

月明かりの反射した紺碧《こんぺき》の瞳。

吸い寄せられる桃色の唇。

夜風にたなびく金色の髪。

すべてが重なって、画家によって描かれた絵のような神々《こうごう》しい美しさに目を奪われる。

「……その時はあなたの愛に甘えてもいいですか？」

「──はい、もちろん」


思考が回る前に、返事は口から出ていた。

この世の中に、彼女の精いっぱいの優しさを振り払う奴がいるというのだろうか。

初めて語った愛に対して返ってきた、わずかな親愛が隠れた遠回しな言葉に。

俺の心はまた魅了されていく。

今、俺はもう一度、彼女に恋をしたのだ。

† † †

『その時はあなたの愛に甘えてもいいですか？』

頭の中で何度も何度も繰り返されるアリサさんの言葉。

ずっとずっと欲しかった、大好きな人が久しぶりに俺へと歩み寄ってくれた言葉。

あの一瞬だけは俺の師匠として一緒に過ごしていた頃のアリサさんに戻っていた。

俺はアリサさんのすべてを愛しているので、冷たいアリサさんも大好きだけれど。

ふわふわとした幸福感に包まれながら帰路につき、玄関をくぐればフィナが食器の後片づけをしていた。

「あっ、師匠、おかえりなさ――どうしたんですか、その顔⁉　すごく気持ち悪いです‼」

「覚えておけ、フィナ。これが勝者の笑みだ」

「ええっ⁉　私も骸骨王《ボーン・キング》に勝った時、こんな顔してたのかなぁ……嫌だなぁ……」

なんとも失礼な弟子だ。こんなピュアピュアな見た目をしておきながら毒を吐くのに遠慮がない。

しかし、今は気分がいいから許してやる。

「フィナ。まだお酒は残っているか？」

「はい。アリサさんが全然飲まなかったのでいっぱいありますよ？」

「よし。なら、第二ラウンドだ」

アリサさんがデレた。

こんなめでたい日を祝わないなどありえない。

「今からとことん飲むぞ～‼」

「なにがなんだかよくわかりませんが……いぇ～!!」

ノリの良さはすでにS級に匹敵するフィナとグラスをカーンとぶつける。

こうして俺たちは買いこんだ酒を飲み尽くすまで、どんちゃん騒ぎをしたのであった。

【第二章】

「貴方を攻略できるクエストはありますか？」

難易度：？？？？？

達成条件：？？？？？

制限時間：？？？？？

報酬：？？？？？

Quest-8　龍神祭

「……師匠。……ください」

「あと10分だけ寝かせてくれ……」

「うぅ……仕方がありません。せーのっ」

「ごほっ⁉」

腹部に走る鈍い痛み。

何事だと思い、慌てて瞼《まぶた》をこすると、かすんでいた視界がクリアになっていく。

すでにダンジョンへ出向く準備のできていたフィナが馬乗りの形でまたがっていた。

「あっ、おはようございます、師匠！　珍しくお寝坊さんですね！」

むしろ、なんでお前はそんなに元気なんだ……あぁ、なるほど。

ズルしたのか。

ほのかに回復薬《ポーション》独特の匂いが彼女から漂う。要は起きてから、回復薬《ポーション》を飲んで体調を整えたのだろう。

フィナはあれが酔いにも効くことを知っている。

「おはよう、フィナ。昨日、なかなか寝付けなくてな……今、何時だ？」

「もうお昼前ですよ」

「ははは。大遅刻だな、こりゃ……」

「笑い事じゃありませんよ、師匠。受けられるクエストがなくなっちゃいますから早く準備をしてください」

「了解。じゃあ、降りてくれる？」

「はいっ！」

元気いっぱいの返事をしたフィナ。

もうすでに準備万端で冒険者としての装備に着替え終えている彼女からはほんのりと甘い香りもする。

当然、弟子であるフィナに欲情したりはしないが、念には念を。

というか、入浴もすでに済ませているなんてうらやましい。

俺もズキズキと痛む頭をスッキリさせたいところである。

俺はベッドから立ち上がると、昨夜脱ぎ散らかした服に着替えようとする。

ふと、視線が集中しているのを感じた。

「……なにしてるんだ、フィナ？」

「べ、別に何もしていませんよ⁉」

入り口付近に立って、自分の目を手で覆っているフィナ。

否定しているが、この部屋にいるのはお前だけなんだが……。

「男の着替えなんて見たくないだろ？　先に下に下りていていいぞ」

「い、いえいえ！　弟子として、師匠をここで待っていますから気にしないで着替えてください！」

「そ、そうか」

あまりの勢いと熱意に押し切られてしまう。

ま、まぁ、俺が見られて困ることもないしな。

フィナも自分で対処するだろ……多分。

変な視線とちょっとした荒い息を感じながら着替えることになった。

† † †

そんな変わった一幕を過ごした俺はフィナに手を引かれる形でアヴァンセを歩いている。

「私、クエストがないか見てきます！」

「おー。俺はそこで座っているから適当にとっておいで」

とはいえ、遅い朝食を食べてから、ギルドにやってきたので時刻はとうに昼を超えている。

こんな時間に来ればフィナが受けられるようなクエストは軒並みなくなっているのが普通だ。

アリサさんもあんなことがあった後なのでしばらく大事をとって休むように言い聞かせている。つまり、誰かが確保してくれている……なんてこともない。

掲示板を見ていた彼女はがっかりした様子で、待っていた俺の元へ帰ってきた。

「ししょー……何もなかったですー」

「だろうな」

「師匠が寝坊するからですよ！」

自分の実力が上がっていくのを感じられて、ダンジョンに潜るのが楽しみだったのだろう。

フィナはぷくっと頬を膨らませて、そっぽを向く。

全く今回の件は俺に非があるので、謝罪の意味を込めて彼女の頭を撫《な》でた。

「悪かったな。でも、安心してくれ。ちゃんと考えはある」

「でも、ランク以上のクエストは受けられませんし……」

「いや、あるんだよ。誰にでも受けられるクエストが、この時期には一つだけな。そのクエストの名は――」

冒険者のことを何も勉強していなかったフィナは知らないだろう。

この時期に各地のギルドで大量に発注されるクエストの名前を。

いつもより簡単な肉体労働で、そこそこの報酬が受け取れる。

だから、今日だけは俺たちのほかにもギルドに残っている奴らが数多くいた。

年に1回だけ行われる冒険者が大好きな酒と宴《うたげ》と女におぼれてもいい日を迎えるためのクエスト。

「――『龍神祭』だ」

† † †

空高く昇った太陽に照らされて、俺とフィナはアヴァンセをあちらこちらと移動していた。

白のタンクトップに着替え、タオルを額に巻いた俺は木材を肩に抱えている。

フィナにはもちろん、ギルドから支給された作業用のつなぎを着せていた。

こんな野性味あふれた男しかいない現場で柔肌を晒《さら》させるわけがない。

ちょっとでもうちの弟子に色目をつかったら、その瞬間、俺の拳が飛んでいくだろう。

彼女は細々とした工具用品が入ったバッグを手に提げて、俺の前を歩いている。

「ししょー。これが本当にクエストなんですかー？」

「おうともよ。冒険者の間でいちばん人気があるクエストといっても過言じゃないぜ」

なんたって祭りの準備をするだけで、命の危険がないからな。

この国には逸話となった過去の記録がいくつもある。

『龍神』はその中でも有名な話だ。

魔王の侵略に苦しんでいた人類を1匹の黒き龍が救った。

よくある作り話のようにも思えるが、これに関しては文献が残っている。また戦いの際に落としたかぎ爪も一緒に保存されており、龍への感謝と未来の平和を祈るために行われるのが『龍神祭』。

準備はかなり大掛かりで、王都だけでなく国全体で執り行われる。

そのため、あちこちで人手が不足し、こうやって冒険者が駆り出されるわけだ。

ちなみに、初心者たちに譲らないのは彼らに1日でも早く冒険者稼業《かぎょう》に慣れさせるため。俺たちの報酬から一部をギルドが徴収し、お祭り当日に初心者たちにお小遣いとして配ってあげるのは慣例となっていた。

「ここに置いておくぞ」

声だけかけて木材を下ろす。

悪い意味で有名な俺は基本的にかかわらないように、さっさと仕事を終わらせていく。

初参加の時は気まずい思いをしたけれど、今日は違う。

俺にはフィナが、話し相手がいるのだ。

憂鬱なただの労働作業とはおさらばだぜ。

「なぁ、フィナ。これ終わったら、ちょっといいとこにご飯でも」

「お嬢ちゃん、かわいいね〜。よかったら、俺と二人でどっか行かない?」

「あ、あの、困ります……」

振り返ると、いかにもな風貌の男に絡《から》まれている愛弟子《まなでし》。

「……ん?」

金髪の男はフィナの進路を遮るように立っているせいで、フィナはこちらに来られない。

優しい彼女のことだから、強引に突破できないのだろう。

そして、彼女が押しに弱いことに気づいた男がフィナの肩に手を置こうとした。

「おい」

怒気を飛ばして意識を一瞬こちらに向けさせる。その間に割って入った俺は男の手を握りしめ、力を込めて捻《ひね》った。

「俺の弟子になにしてんだ、お前」

男は痛みに顔をゆがませ、俺たちから距離を取る。

「いって⁉　て、てめぇ、なにすんだ……あ……あ……」

突然、現れた俺に文句を言おうとしたナンパ男だが、顔をどんどん青ざめさせていく。

「へ、変態⁉　す、すみませんでした！」

男は尻尾を巻いて、逃げ出す。

俺としても追いかけることはしない。

ちょっとでも触れたら、怒りの鉄拳が飛んでいたところだが不幸中の幸いだったな。

暴力沙汰にならなくてよかった。

俺の二つ名は有名すぎるので、こういった際に利用できるのだ。

自分で言っていて悲しくなるが……。

「フィナ、大丈夫か？」

「は、はい！　私は平気です！　他の人に認知されて嬉《うれ》しかっただけなので！」

「そ、そうか……ごめんな。目を離した隙に……。クエストのノルマも達成したし、飯にでも行こうか」

そう言って俺はフィナの手を取ると、報酬をもらうためにギルドまで歩いていく。

フィナには悪いが、これも変な男が彼女に近づかないようにするため。

大丈夫。

周囲からは【不屈の魔拳士《バーサーカー》】に無理やり連れまわされているかよわい女の子にしか映らないから。

「あ、手……」

「おっ、すまん。汚かったな」

「大丈夫です！　汚くても気にしません！」

「それフォローになってないからな？　汚いって認めてるからな？」

「私、これくらい汚い手が好きなんです！」

「俺はお前の将来がちょっと心配になってきたよ」

とはいえ、木材を大量に運んだあとだってことを忘れていた俺が悪い。

言い方はともかくフィナも嫌がっていないようだし、申し訳ないけどこのまま付き合ってもらおう。

「あとでちゃんと手は洗っておくんだぞ」

「い、いいえ。もったいないので今日は洗いません」

「いや、そこは洗えよ」

ぶっ飛んだ方向に努力を割り振りすぎだ。

気を遣ってくれるのは嬉しいが、そこまで行くといじめになる。

フィナのことだから、会話の経験値が足りていないのだろう。

それなら俺が存分に練習相手になってやろうじゃないか。

立派な弟子を育てるために、犠牲になるのも師匠の務めだ。

「ところで、フィナはお昼に何が食べたい？」

「えっと……お魚がいいです。アヴァンセの魚は新鮮でとてもおいしいと聞きました」

「了解。ついでだし、ギルドでミリアを拾っていくか」

「いいですね！」

予定が決まった俺たちは目的地となったギルドの中へと入っていく。

お目当ての腐れ縁の友人は忙しそうに動き回っており、受付嬢として従事していた。

「ミリア」

「………………」

「貧乳」

「ぶっ殺すわよ」

「なんだ、聞こえてるじゃないか」

名前を呼び掛けても反応がなかったから無視されていると思ったら、予想は的中していた。

「知り合いが年下の女の子の手を握ったまま声をかけてきたら無視もしたくなるでしょ」

なるほど。確かに字面《じづら》にしたら犯罪臭がすごい。

ギルドに入れば安全だし、手をつないでいる理由もないのでフィナの手を放す。

だが、なぜフィナは未練あり気な視線を送るのだろう。

そんなに汚い手が良かったのか？

「ばっちいからやめなさい。

「それで鈍感男さんは何の用かしら？　見ての通り、忙しいんだけど」

「飯に行かないか誘いに来たんだが、無理なら来なくていいぞ」

「せんぱ～い。ちょっとお仕事代わってくれませんか～？」

甘ったるい声を出して、男性職員に仕事を押し付けようとするミリア。

一般男性では彼女のお願いは断れないだろう。

俺たちは受付から離れて、待合用のいすに腰掛ける。

さて、どうして俺が自腹を切ってまでミリアを呼んだのか。

それはアリサさんとのデートを成功に導くためにアドバイスが欲しかったからだ。

今もあんな雑な色仕掛《いろじか》けが成功するくらいには、ミリアはモテる。

学生時代もよく男子から告白されていた彼女だが、過去に誰一人としてOKをもらえた者はいない。

そんな彼女からお墨付きをもらえたなら、デートの成功は間違いなしだ。

ほかにも聞きたいことは一つあるが、これは時間が解決する問題でもあるから確認だけできればいい。

「はいは～い。お待たせ～」

肩だしニットに丈が膝上までしかないスカートに着替えたミリアがこちらまでやってきた。

視線を集めるあたり、やはり彼女は男から見て優れた容姿を持ち合わせている。

惜しみなく肌を晒しているから、注目度はなおさら高い。中には下種《げす》な欲望も込められているだろう。

「ミリア。あまり過激な服は着ない方がいいと思うぞ」

「これくらい普通よ。なに？　心配してくれているの？」

「お前は可愛《かわい》いから、心配にもなるさ」

「へ、へぇ……そう。レイジがそこまで言うなら……次から控えるわ」

クルクルとせわしなく髪をいじるミリア。

どうやら俺のおせっかいは伝わったようだ。

「な、なに、ジロジロ見てるのよ」

「いや、なんでもないよ。移動しようか。ここに長居する理由もない」

嫉妬を向けられるのも心地よくないしな。

最近、悪意のこもった視線に慣れ始めている自分が怖い。

いたるところで他人の悪感情を受けている気がする。

気のせいだろう。気のせいであってくれ。

頭を振るうと、俺はアヴァンセの中でも著名なレストランへと二人を連れていくのであった。

この時の俺はまだ知らない。

楽しい食事の後に、ミリアに強烈なビンタをされる未来を。

† † †

「いって……。あんなに本気でたたくこともないだろうに」

レストランで俺たちは笑顔で会話を弾ませながら、楽しいひと時を過ごしていた……はずだった。

それがアリサさんとのデートで助言を求めると、空気は一変。

ミリアに見事な一撃を食らってしまい、それから彼女は言葉を交わしてくれることはなかった。

これは今度の買い物でかなりの額を覚悟しておかねば。

フィナに原因を聞いても肩をすくめられ、嘆息されたので俺はよっぽどの罪を犯したのだろう。

「女心は難しいな……」

まだ気持ちをストレートにぶつけてくれるアリサさんはわかりやすい部類なのかもしれない。

デートの約束を取り付けるためにフィナとわかれて、俺はアリサさんのもとへ向かっていた。

俺をひたすら無視していたミリアがフィナを半ば強引に家まで持ち帰ったのだ。

あの様子だとフィナは『龍神祭』にはミリアと参加することになりそうだな。

フィナと回ってやりたい気持ちもあったが、ここは心を鬼にしてアリサさんを選ぶ。

そういう意味では一緒にお祭り巡りする相手が見つかったのはフィナにとって幸いだったかもしれない。

彼女は今日はギルドにはいないので見つける手掛かりはない……というのは前日までの俺。

しかし、俺はついに知ってしまった。

アリサさんの自宅の場所を。

「というわけで、アリサさん。あなたの王子様が迎えに参りました」

「どういうわけですか……」

鈴を鳴らすこと数回。家から出てきたアリサさんは眉間にしわを寄せて、俺を出迎えてくれた。

「そのようなサービスは頼んだ覚えがありませんので、お引き取りください」

あー、この感じ。

昨日にあんなことがあったから少しだけ心配もしたけど、アリサさんはいつもと変わっていなかった。

冷たい声音がどこか心地いい。

どうやら俺の杞憂《きゆう》だったみたいだ。

「龍神祭当日、アヴァンセの入り口の門で待ち合わせでいいですか？」

「わかりました」

その瞬間、周囲に激震が走る。

ざわめきは一気に拡大し、中には災害の予兆とまで騒ぎ出す輩《やから》もいた。

俺もここに住み着いてしばらく経《た》つが、アリサさんとの噂《うわさ》はもはやギルドにとどまらずアヴァンセ全体に根付いていたか。

さすがにそれは予想外だったが、いったいどんな風に思われているんだか。

『どんな卑劣な手段を使ったんだ……？』

『家まで特定して……落ちるとこまで落ちたな』

『冷嬢も変態なんか相手にして、可哀想《かわいそう》に……』

一人ずつぶっ飛ばしてやろうか？

言いたい放題だな、あいつら。

誰がそんな姑息《こそく》な手段を使うものか。

ただ俺はアリサさんの秘密を握って、誰にも言わない対価として彼女とのデートを求めただけであって……あれ？

最低だな、俺……。

外野の評価は間違ってないな。

と、ともかく、そのことは忘れよう。

それに今は喜ぶべきだ。

どんな経緯であれ、連敗続きで相手にもされてこなかった俺がアリサさんとデートの約束を取り付けているのだから。

「それではアリサさん。明日を楽しみにしていますね」

変な目で見られるのは嫌だろうし、早々にこの場を立ち去ろうとする。

すると、アリサさんはくるくると自身の髪をいじって、小さくつぶやいた。

「私も……ちゃんと楽しみにしていますからね」

うっ……⁉

し、心臓が……！　唐突に行われたアリサさんの可愛さによる暴力のせいでバクバクと高鳴ってうるさい。

口から飛び出そうになった心臓をなんとか胸に押さえつけ、笑顔でアリサさんにサムズアップする。

「……………また明日」

そう言って、アリサさんは胸の前で小さく、ぎこちなく手を振り返してくれる。

今までにないデレの破壊力についに耐えきれなくなった俺は角を曲がり切ると、そのまま壁へともたれかかり1時間ほど天を仰ぐのであった。

「……アリサさん……愛してます……」

Quest-9　奇跡のデート

『龍神祭』当日。

アヴァンセは今までにない厳戒な警備態勢が敷かれていた。

祝い事があるとはいえ、その数は例年をはるかに上回る。

その原因は数多くの市民からの連絡だった。

曰《いわ》く『ストーカーがギルドの受付嬢を脅迫した』『弱みを握り、一方的に行動を命令している』『冷嬢が変態の餌食《えじき》になっている』などなど。

警備兵としても、こんなに情報が寄せられては動かざるを得ない。

「ターゲットが動いたぞ。気づかれないように尾行を開始する」

『2班は先回りして、予測通路に回ります』

『3班は別経路からターゲットの監視に移ります』

「よし、それでは怪しい行為を見かけたらすぐに報告するように。散開！」

——というのは建前で、彼らも警備をさぼって祭りを楽しみたいだけだった。

なにせターゲットは【不屈の魔拳士《バーサーカー》】。

街では誰もが知る一途《いちず》な変態だ。

確かに彼の珍エピソードや変人気質は有名だが、それと同時にアリサのことをどれだけ大切にしているのかも警備兵は理解している。

というか、通報を寄こされても対応できない。

レイジ・ガレットは間違いなく街で最も強い戦士だから。

住民たちも、そんな事情を知っているので冗談半分での行為だと予測できる。

そういう平和ボケした街なのだ、アヴァンセは。

古参兵はすでに街に繰り出し、門番を務めるのは新兵。

安寧に浸《つ》かって生きてきた彼らは有事など起きないだろうと高をくくり、仕事も雑なものだった。

「すまない。中に入る許可が欲しいのだが」

肩に大きな木箱を背負った黒装束に身を包む女性が門番に話しかける。

本来なら身分を明らかにする証書が必要なのだが、新兵は自分の判断でそれを省略した。

彼は勝手に彼女を祭りで一稼ぎしに来た芸者だと思ったのだ。

「ああ、ご自由にどうぞ。今日はお祭りですから。演奏でもされるのですか？」

「そんなところだ」

「時間があれば俺も聞きに行こうかな。１日は短いですが、楽しんでいってください」

「そうさせてもらうよ」

女は手を挙げて、アヴァンセへと入る。

新兵はまだ知らない。

自分の軽率な行動がどれだけの罪を背負わせるかを。

奏《かな》でられたのは守るべき民たちの悲鳴であることを。

「今日もいい天気だなぁ」

あくびをして、空を見上げる彼は知る由《よし》もなかった。

† † †

「……なんかいつもより視線を感じるな」

それだけ俺とアリサさんのデートが衝撃を与えたのだろう。

実際、ダンジョンでの偶然の接触がなかったら今回のデートは実現しなかったわけだし。

とはいえ、デートはデート。

どんな服装で来てくれるだろうか。

ぶっちゃけアリサさんが部屋着でやってきたとしても、俺は全力で褒めちぎってみせるけどな。

ソワソワしながらも頭の中で妄想を繰り広げる。

「お待たせしました」

そうそう、こんな感じで清楚《せいそ》なお嬢さん――

「――天使？」

「いつも思いますが、あなたの目は節穴ではないでしょうか」

「すみません。女神でしたね」

「いえ、上方修正を求めたわけじゃないのですが」

どうやら夢じゃなかったようだ。

この心臓が引き締められる冷たい目ができるのはアリサさんしか知らない。

白菊が咲いたかのようなフリルが施された、一点の汚れもないシャツ。下はゆったりとした紺のロングスカートでまとめてあった。

清楚な雰囲気が色白なアリサさんにとてもマッチしていた。

今から画家を呼んで、この姿を絵に残したいほどに。

「とても似合ってます」

「ありがとうございます。でも、レイジさんはどんな服を着ていても同じことを言いそうですね」

「なんなら後で提出しましょうか、感想文」

「自分を美化された文章を読むのは、恥ずかしいので遠慮しますよ」

「それは残念だ」

軽口をたたいた俺は肩をすくめると、そのままアリサさんの手を取る。

今まで許可を尋ねては断られていたので、流れに任せて自然にいったが反応はどうだ
……!?

「…………」

む、無表情……!

この判定はDIE or DEADのどっちだ？

あっ、どっち選んでも死んでるじゃん、俺。

「……レイジさん」

「はい、なんでしょうか」

「今日はどういったエスコートをしてくださるのですか？」

「通報だけは勘弁を……って、え？　怒ってないんですか？」

「怒るもなにも、今日はデートをする約束でしたから。私もデートの常識くらいは知って

いるつもりです」

もちろん出過ぎた行為をしてきたら即座に終了ですが、と付け加えるアリサさん。

つまり……。

「手をつなぐのはセーフ？」

「この程度なら、今日の私は拒絶しません」

「アリサさん……」

「はい、なんですか？」

「好きです」

「知っていますよ、毎日聞いていますから」

クスクスと声を漏らして、微笑《ほほえ》むアリサさん。

いつもだったら一刀両断されているのに、今日のアリサさんはすべてを受け入れてくれている。

デートという言葉はここまで人を変えるのか。

それなら毎日、デートしたい。

そのためにもアリサさんに好きになってもらわないと……って無限ループか、これ。

結局いきつく先はにっちもさっちもアリサさんが惚《ほ》れるような男になることってわけだ。

なら、目いっぱい格好いいところを見せないとな！

「歩きましょうか」

俺はつないだ手を引いて、メインストリートを歩き出す。

アヴァンセではメインストリートにすべての屋台を配置し、一直線に進むことでいろんな屋台を楽しめる構成になっている。

こうしておけば外部からやってきた、初めてお祭りに参加する人たちも迷うことはないだろう。

「自分で言うのもなんですが……まさかあなたとこうして歩く日が来るとは思いませんでした」

「俺の想《おも》いが伝わり始めている証拠だ」

「そうですね。飽きるほどあなたの愛情は浴びていますから」

「……その表現エロいですね」

「解散しますか？」

「あそこで飲み物買いましょうか、そうしましょう」

嘆息するアリサさんと並んで、それぞれ飲みたい商品を注文する。

すると、店主のおっちゃんはニヤニヤと俺たちを見比べると、予想通りちょっかいをかけてきた。

「お二人さんはデートかい？　初々《ういうい》しいねえ」

「お似合いだろ？」

「おうともよ。お前さんにはもったいないくらいの別嬪《べっぴん》さんだな」

「俺もそう思う。一目ぼれしたからな」

「それで即行動ってか。なんにせよ、めでたいな！」

なかなか性格のいいおっちゃんのようだ。

人を見る目も鍛えられているようで、こちらが不快にならない程度に話題を振ってくれる。

「おっちゃん、この街の人じゃないだろ」

「普段はエルナムで鍛冶師をやってるんだが、わざわざ祭りの日までダンジョンには潜りたくねぇからよ。稼ぎにやってきたんだ」

鍛冶都市・エルナム。世界で冒険者が使用する武具の流通の半分を占める国内で王都の次に重要視されている街だ。

ここが崩壊すれば人類が抵抗するための武器の多くを失ってしまう。

武器の出来具合は冒険者たちの命を大きく左右させる。

世界中の命を預かるエルナムには一定レベルの技術を持つ鍛冶師しか住むことは許可されていなかったはずだ。

ということは、この筋骨隆々としたおっちゃんは繊細な感覚も持ち合わせている鍛冶師ってわけか。

「でも、よくわかったな。俺を知ってる冒険者か？」

「冒険者だが、俺はこの街じゃちょっとした有名人だからな。反応の違いでわかるんだよ」

「ほう。けっこう腕が立つわけだな」

商売相手を見つけたとおっちゃんの目は銭マークに変わる。

大きく身を乗り出したが、それを手で制した。

「そういうのは、またいつか。今はジュース売りのおっちゃんとただの男でいようぜ」

「ガハハッ！　それもそうだ。無粋なことをしたな」

「いいってことよ。はい、二人分ちょうどな」

「おう！　エルナムに寄ったら来いよ。ガルチって人に聞けばわかるとおもうぜ」

「そうか。俺はレイジ。その時は世話になるよ。じゃあな」

「まいどあり！　待ってるぜ！」

ガルチから注文したフルーツジュースを受け取ると、俺とアリサさんは再び足を動かす。

「すみません。ちょっと話し込んじゃって」

「いいえ、構いませんよ。今日はレイジさんのための日ですから。あなたが楽しめるように私は付き従うだけです」

その言葉を聞いて、悲しくなった。

俺への態度にではない。

アリサ・ヴェローチェの在り方があまりにも雑すぎることに対して。

たまには遠慮しないでみよう。

自分を顧みないアリサさんに俺はちょっとだけ踏み込んでみることにした。

「……アリサさんってけっこう子供っぽいですよね」

「……今、なんと？」

「アリサさんって頑固で子供っぽいところがあるって言いました」

ダンジョン【鏡の世界】で遭遇した時もそうだけど、彼女は自分を幸せから遠ざけようとしている。

今日も本当に俺が彼女とのデートを望んだから、アリサさんは付き合ってくれているのだ。

そんなのは楽しくない。

誰だってそう思うに決まっているし、投げ出す男の方が多いんじゃないだろうか。

「あなたの口から、そんな言葉が出るとは思いませんでした」

「俺はアリサさんを楽しませるためのスケジュールを組んできたので、やる前からそんな気分でいられるのは嫌ですから」

「それは私の勝手では？」

「今日は俺のための日なんでしょう？」

そう言い返すと、アリサさんは眉間にしわを寄せた。

しかめっ面《つら》の彼女もまたかわいい。

俺は彼女に面と向かって話す。

「一人より二人が幸せの方がいいに決まっているじゃないですか」

ちょっとだけ彼女の手を握る力が強くなる。

揺さぶられているのか。

俺の言葉は彼女の心に届いているのか。

わからないけれど、俺がやるべきことは彼女に出会った日から決まっているのだ。

だから、ありのまま告げた。

「今日はアリサさんが幸せでいられるように俺、頑張りますから。覚悟しておいてください」

†　†　†

覚悟しておいてください、なんて宣言したものの俺は恋愛初心者。

加えて、アドバイスも貰《もら》えなかったので、これといったサプライズもない。

しかし、こういうのはシンプルなのが一番だ。

料理でも素人《しろうと》が隠し味なんてものに手を出せばあっけなく破綻する。

俺は彼女が祭りを満喫できるように動けば、おのずと結果はついてくるはず。

それにしても……。

「今日はやけに目が多いですね」

「アリサさんも気づいていました？」

「はい。ですが、欲望をぶつけられた不快さはありません。まるで監視でもされているみたいな……」

あまりジロジロ観察されるのは嫌だが、中には俺の知っている気配もあった。

フィナを引き取って王都の祭りを楽しむとか言っていたよな、ミリアのやつ……。

あいつら、なんでこっちに来てるんだ……？

尾行するあたり、なんだかんだデートの成功を心配してくれたのだろうか。邪魔をしないなら、俺から干渉することはない。

「撒《ま》きますか？」

「なぞは残りますが問題ないでしょう」

「美男美女のカップルですから、注目も集まってしまうんですよ」

「美男……？」

「そこは突っ込まないでいただけると俺の心が助かります」

「冗談です。レイジさんは十分に優れている方ですから」

「本当ですか？」

これでも自己評価くらいはちゃんとしているつもりだ。

男として魅力的かと問われたら、自信をもって返事できるのは肉体面だけだろう。

「ええ。時折、話題になりますから。黙っていればイケメンなのに、と」

「人格が否定されているも同然ですね、それ」

「私も同意しておきました」

「その情報は心に優しくない！」

そんな会話をしながら、俺たちはブラブラとメインストリートを歩く。

漂ういい匂いにつられては買って食べて。

アリサさんもほのかに顔をほころばせている。

彼女はふぅふぅとできたてほやほやの野菜のパイ包みをほおばった。

食べるのが好きだって、この前わかったからなぁ。

満足そうで何よりだ。

「……レイジさん」

「なんですか？　足りませんでした？」

「そうではなく。レイジさんのも一口いただいてもいいですか？」

アリサさんが選んだのは旬の野菜をふんだんに使ったもの。

対して俺はザ・男飯。豚の肉をパリパリの生地に詰め込んだ品だ。

そんなキラキラした瞳を向けられたら、断れない。

もとより、アリサさんの頼みには回答が一択しか用意されていないのだが。

「どうぞ。ちょっとかじってしまっていますけど」

「では、遠慮なく」

はむっと食いついたアリサさんはあふれ出る肉汁に驚きながらも、ゆっくりと咀嚼《そしゃく》していく。

「おいしい……」

「それはよかった」

「暴力的な旨《うま》みですね。こんな機会じゃなければ食べられません」

アリサさんは自分の腹回りをさする。

いや、あなたの場合はその上の膨らんだ部分にいくから安心していいと思いますよ。

口にすれば軽蔑されること間違いなしなので言わないけど。

「では、レイジさんもどうぞ」

そう言ってアリサさんは持っていたパイ包みを差し出してくる。

思いがけない行動に俺は固まってしまった。

つい目線がアリサさんの薄桜色の唇に吸い寄せられてしまう。

「一口のお返しを。いりませんでしたか？」

「まさか。でも、一つお願いがあって。あーんって言ってもらえませんか？」

「……あーん」

こんな圧がかかった『あーん』は初めてだ。

気にせずに俺はそのままかぶりついた。

しっかりと焼かれた野菜は甘みが凝縮しており、噛《か》めば噛むほど口の中に広がっていく。

「とてもおいしいです。どっちもいけますね、これ」

「はい。こんな美味な料理が並んでいると思うと……少し高揚してきました」

頑張りますと意気込むアリサさんは胸の前でグッと両こぶしをつくる。

本当に全制覇してしまいそうな彼女に苦笑してしまう。

付き合いきれるか心配になった俺は一つ提案をしてみた。

「時間はまだまだありますから。よかったら、今みたいに違う味を頼んで食べさせあいしませんか？」

「……巧妙な作戦を立ててきましたね」

「純粋に二度楽しめると思ったんですが……やめておきますか」

「待ってください」

歩き出そうとした俺の袖をつかむアリサさん。

悩みに悩みぬいた。そのうえで決意した。

そんな顔をしている。

「誰が受けないと言いましたか？」

「……ちょっとアリサさんのイメージが変わりそうだ」

「食い意地の強い女だと思いますか？」

「新たな魅力がわかって嬉《うれ》しいってことですよ。行きましょうか」

袖をつまんでいた彼女の手を握ると、抵抗はなく、ゆっくりと歩き出す。

アリサさんは小さな声を漏らすも、隣に並んでくれた。

さっきまでは感じなかった照れが滲《にじ》み出し、体温が高くなってきた気がする。

心なしか、それはアリサさんの小さな手からも感じられた。

さっきは自然と応対できたが、いまさら食べさせあいとか恥ずかしくなってきたし。

顔を見合わせて『あ〜ん』とか夢みたいだ。

幸運で死ぬんじゃないか、俺。

少しぎくしゃくしながら食巡りを楽しんでいた俺たちが中腹に差し掛かったころ。

客引きの野太い声が響いた。

「おぉい！　誰か挑戦者はいないのかぁ!?　今なら俺に勝てば大金貨1枚だぜぃ！」

質素な看板には腕相撲で勝てば賞金・大金貨1枚、参加料・銀貨50枚と書かれていて、いかにも力自慢といった屈強な男が立っている。

大金貨1枚＝金貨100枚＝銀貨10000枚分の価値がある。そう考えれば夢のようなチャンスだろう。

台の上に置かれたかごに入った銀貨の枚数を見るに、そこそこの挑戦者がいたようだ。

上機嫌な店主の様子から、全員が敗北者になってしまったみたいだが。

「行かないのですか？」

「アリサさんとの時間の方が大切ですよ」

「レイジさんの格好いいところ見たいです」

「店主！　俺がチャレンジャーだ‼」

惚《ほ》れた相手にそこまで言われたら、やらねば男が廃る。

店主には悪いが、俺の踏み台となってもらおうか。

「おっ、次は兄ちゃんがやってくれるのか？」

「いいところ見せたくてね」

後ろにいたアリサさんを見て、店主は意味深な視線を送ってくる。

どう勘違いされたか予想にたやすいが、カモと思い込んでくれるなら好都合。

「ははーん。こりゃ負けられないわけだ」

「そういうわけだ。さぁ、やろうか」

「手は抜けねぇからな。せいぜい頑張ってくれや」

鼻息を荒くして、店主の自慢の筋肉をアピールする。

対して俺も袖をまくると、クエストで鍛えられた右腕を晒《さら》す。

両者ともに構えて、手を組んだ。

「ほう。ちょっとは期待できそうかぁ？」

「これでも冒険者だからな。細かいルールはあるのか？」

「ねぇよ。正真正銘、力だけの勝負。スタートの掛け声はそっちで決めていいぜ。サービスだからよ」

「あとで泣き言はなしだからな？」

「今まで何人も俺の前に屈してきたさ。おかげで客はほとんど寄ってこなくなったがな」

豪快に笑う店主はかごに積まれた銀貨をつかむ。

目視しただけでも金貨数枚分は稼いでいる。

もう彼の頭では祭りの後の楽しい飲み会でも開かれているのかもしれない。

俺に気づかないあたり、どうせ初心者の多い街で素人狩りばかりしているんだろう。

なんなら、ジュースを売っていたガルチの方が強い気を宿していた。

「おしゃべりはこの辺にしようか。３秒後にスタートだ」

「おいおい。そんな馬鹿正直に教えていいのかよ」

「構わん。３、２、１、０――」

「うおりゃぁ‼」

店主の気合いがこもった叫び声がこだまする。

彼は勝ちと確信して勝負に臨んでいた。

だからこそ、今の結果に驚いて、微動だにしていない腕と俺を交互に見ていた。

「終わりか？」

「ま、まだまだ！　ふんぬっ‼」

店主は全体重をかけて、自分側に腕を巻き込むように倒そうとするが結末は変わらない。

「く、くそっ⁉　なんでだ⁉　ありえねぇ！」

それからも店主はアプローチをかけるが、奮闘むなしく疲れ果ててしまった。

これ以上、時間をかける必要もないので俺は軽くひねって、店主の拳を倒す。

「俺の勝ちだな。賞金をもらおうか？」

「……ここまで完敗じゃ、みっともないことはできねぇな。ほらよ」

駄々をこねると思ったが、意外にもあっさりと賞金の大金貨を放り投げた。

「おいおい。もっと丁寧に渡してくれよ」

俺はそれを拾うために手を伸ばす。

その瞬間、店主の振り下ろされた拳が台をぐしゃりと歪《ゆが》ませた。

破壊音に周囲から悲鳴が上がる。

「なっ……！」

「まぁ、こんなところだと思っていたけど」

目は口程に物を言う。

おおよそ考えていたことはお見通しだ。

俺は引いていた拳を店主の腹へと叩《たた》きこむ。

普段、魔物相手に振るわれている拳が生身の人間に打ち込まれたらどうなるか。

身体《からだ》をくの字に曲げて、声を出すこともかなわずに店主は沈み込む。

や、やりすぎたか……？

アリサさんに暴力的な男だと思われたら、どうしよう⁉

俺は振り返るとパチパチと手を叩いていたアリサさんに弁明を始めた。

「せ、正当防衛です！」

「わかっているから拍手しているんですよ。お見事でした」

「よかった……。俺、格好良かったですか⁉」

「警備兵を呼びましょう。このままにしておくわけにはいきません」

スルーされた事実が悲しいが、それよりも警備兵を呼ばれるわけにはいかない。

事情を聴くためだと俺とアリサさんはしばらく拘束されるだろう。

「アリサさん、逃げましょう」

「えっ」

俺はアリサさんを抱きかかえると、脱兎《だっと》のごとくその場から逃げ出す。

「失礼します！」

「フィナ！　事情説明は頼んだぞ！」

入り口からずっとミリアと尾行を続けていた弟子に聞こえるように声を張り上げる。

すると、背後からかわいらしい悲鳴が聞こえた気がした。

†　†　†

『龍神祭』においてアヴァンセの屋台通りの終着点は冒険者ギルドだ。

ギルド前は街の中で最も開けた広場となっており、住民が押し寄せても窮屈にはならないだろう。

逃げるように駆けた結果、広場にはまだまばらにしか人は見受けられず、俺たちはベンチに並んで腰かける。

「ふぅ……なんとか撒《ま》けましたね」

「……別に逃げる必要はなかったのでは？」

「いいえ、ありますよ。あそこで捕まったらせっかくのアリサさんとの時間が無駄になっちゃうじゃないですか」

「だからって、弟子に押し付けるなんて……迷惑な師匠ですね」

「そういえば昔、誰かができもしない料理を作ろうとして食材を真っ黒にした記憶が……」

「……ときには師匠の尻拭いをするのも弟子の役目でしょう」

「ですよね！」

「人の笑顔を見て、苛立《いらだ》ちを覚えたのは初めてです」

ニッコリとわかりやすく作られた笑みを浮かべるアリサさん。

どうやら納得してくれたみたいで、なによりである。

とはいえ、これ以上揶揄《からか》って機嫌を損ねさせるのも怖いので話題はすぐに変えることにした。

「ところで、これ。アリサさんに預けてもいいですか？」

そう言って、さっき拾っておいた大金貨をアリサさんに渡す。

「いきなりお金で釣られても反応に困るのですが」

彼女はそんなつもりで促したわけではないと断る。

「え？　ああ、すみません。そうじゃないです」

確かに言葉足らずだった。これだと俺が金でアリサさんの時間を買ったみたいだ。

「これを報酬にして初心者限定のクエストをいくつか発行してくれませんか？　確かに自業自得《じごうじとく》でもありますけど、新人の銀貨50枚って死活問題なので」

アヴァンセは初心者の街。そこであんなにも儲《もう》けていたのだから、間違いなく新人が被害に遭っているだろう。

挑戦した者たちはリスクを覚悟のうえで負けた。祭りの雰囲気にのまれたり、鼻が高くなっていたとかあるだろうけどさ。

それはもちろんわかっている。

「だけど、同じ立場からスタートした身としては情けをかけたい。

この銀貨50枚で武器や防具の新調、修繕の助けになる。回復薬《ポーション》代や宿の賃金、金銭は様々なものに変わる。

そして、それらの要素のほとんどが命にかかわってくるのだ。

少しでも死人が出る可能性を減らしたいというのは誰もが願うことだろう。

大金貨が惜しい気持ちがないわけじゃない。

けれど、過去に命を救われた者として、他者を救える可能性があるのならば憂いなく使える。

なによりも先日、彼女に伝えた言葉。

『あなたが救ってくれた命はまた新たな命を救っている』

それに嘘《うそ》がないとわかってほしかった。

「……そういうことなら私の方から支部長にかけあってみましょう」

「ありがとうございます」

事情を説明すると彼女は納得して受け取ってくれる。

アリサさんなら間違いなく説得して、有言実行してくれるだろう。

……さて、これからどうしようか。

行く先々で楽しんでいたので、そこそこ時間は経《た》っている。

広場の時計台を見れば夜まで少し余裕があった。

『龍神祭』の最後は『龍神』へ感謝と喜びの舞をささげるのが通例となっている。

アヴァンセでは広場に集まり、人々がそれぞれ感謝を口にして宴《うたげ》のように騒ぎ、踊るスタイルだ。

もちろん俺も参加するつもりだし、アリサさんと一緒に踊れたらいいなと思っている。

せっかく落ち着けたし、ここまでずっと歩きっぱなしだったから、このままおしゃべりっていうのもありか。

「アリサさん。ここで夜の部が始まるまで時間をつぶそうと思うんですが、まだ食べ足りないとかありますか？」

「いいえ、ゆっくりとしたかったところですし、そういった希望はありません」

「なら、ここにいましょうか」

そう言って俺はアリサさんの手をぎゅっと握りしめた。

我ながら大胆な行動に出たものだ。

祭りの雰囲気にあてられたのかもしれない。

アリサさんの良心に甘えすぎだと叱責する理性もいれば、せっかくの機会なんだから存分にやってしまえとささやく本能もいる。

彼女の手はひんやりとしていて気持ちがいい。

だけど、それにしても冷たすぎる気もする。

暖かくなってきたとはいえ、まだまだ夜は冷え込む。

風邪をひいては大変だ。

俺はコートを脱ぐと彼女の細い身体を覆うように羽織らせる。

「……ありがとうございます」

「好きでやっていることですから」

「普段からこんなに紳士であれば、あなたも女性が放っておかないでしょうに」

「意味がないでしょう。いちばん見てほしい人はあなたなんですから」

「恋は盲目と言いますが、ここまできたら馬鹿ですね」

「アホにでもならなければ恋なんてできませんよ」

時間。お金。評価。命。

様々なものを犠牲にしても、たった一人を手に入れようとする。

なんて愚かなのだろうか。

だけど、心地よい。

「…………」

見つめ合う。キスする前とか、そういう雰囲気じゃなくて。

相手の動向を探るような視線。

……そうか。いや、思い上がりかもしれないけど。勘違いかもしれないけど。

アリサさんも……緊張してくれているのか。

何もなければ、永遠に続きそうな時間。

それを破ったのは一人の女性の声だった。

「どうぞ、みなさま！　舞の前に、ぜひ私の演奏を聴いてくださいませんでしょうか！」

そう高らかに告げる黒装束の女性は広場にいた全員の視線を集めるようにパンパンと手を鳴らす。

足元にはケースが置かれており、おそらく中には楽器が入っているのだろう。

「……せっかくだし近くで聞きましょうか」

「ふふっ、そうですね。いきましょう」

すっかり気が抜かれた俺たちと同じようにぞろぞろと広場にいた人たちが彼女を囲う。

アヴァンセにはなかなか吟遊詩人は来ないので、彼女へと期待のまなざしが向けられていた。

件《くだん》の女性はグルリと見まわすと、満足げにうなずき優雅に一礼する。

「みなさま、お集まりくださりありがとうございます。ご期待に応えられますように、精いっぱい腕を振るわせていただきます」

ずいぶんとハードルを上げるものだ。

これはかなり期待できるのではないだろうか。

「それでは熱が冷めないうちに始めるとしましょう」

彼女がケースから取り出したのは楽器——ではなく、命を刈り取るには十分な大きさをした斧《おの》。

「——地獄の序章を」

そう言って、自らの首を切り落とす。

そして、大きな牙を持つ狼《おおかみ》の頭が生えてきた瞬間、奏者の身体《からだ》が二つに割れて——中から現れたのは俺たち人間の倍以上の巨軀《きょく》をした化け物だった。

悲鳴と恐怖の叫び声が響き渡る。

最悪の祭りが、いま始まった。

Quest-10　因縁

「【魔法装甲《エンチャント》】――」

「あぁぁぁぁっ‼」

「――っ⁉　【水風合魔術《ダブル・マジック》：白銀の巨壁《アイス・ウォール》】‼」

アリサさんが攻撃に出たのを見て、攻撃から防御に切り替えて魔法を展開する。

地から空へと伸びた氷の壁を人々と俺たちを分断するように築いた。

「【風術《ウインド》：大切断《ギロチンクロス》】！」

刹那、アリサさんの魔法が炸裂《さくれつ》したが、狼魔人《ウルフ・オーガ》はそれを身体で受けきった。

毛深く、肉厚な皮膚が魔法を通していない。

「できる限り遠くへ逃げて！　街の外でも良《い》い！　他の人たちにも声をかけるんだ！」

俺の声がどこまでちゃんと届いているかわからない。

だが、幸いにもここは冒険者ギルドの前。

「おい、うるせぇぞ！　なんの騒ぎだ⁉」

「な、なんだ、あいつ⁉」

ギルドの中からぞろぞろと冒険者が出てくる。

その中に以前、ダンジョンで助けたパーティーもいた。

「レイジさん、これはいったい……⁉」

「サリー！　住民たちを避難させてくれ！　それと王都ギルドに緊急の要請をするように頼んでほしい！」

「わ、わかりました！　誘導後、すぐに私たちも援護に来ます！」

「バーサーカー！　誘導は若い奴らに任せる！　俺たちも助太刀するぜ！」

「――来るな‼」

普段とは違う気迫にビクリと冒険者たちの動きが止まる。

ただの魔物なら問題なかった。

だけど、目の前の化け物は並の冒険者たちがまとまっても敵《かな》う相手じゃない。

「私の顔に覚えはないか、狼魔人《ウルフ・オーガ》！」

「う〜ん、どこかで会っただろうか？　それとも過去の餌の知り合いかな？　すまないが、食べた奴のことなんていちいち覚えてないよ」

「っ……殺す！」

冷静さを失い、平常なら絶対にしないアリサさんの特攻。あんな強い言葉を吐いたりもしない。

攻撃の組み立てさえ放棄した荒れ具合がヒリヒリと伝わってくる。

化け物の姿を見て、ようやく気が付いた。敵の正体に。

「……とにかく避難の誘導を頼む。ここは俺たちがなんとかする」

「わ、わかった。おい、行くぞ、嬢ちゃん！」

「……っ！　全力を尽くします！　だから、気にせずに戦ってください！」

そう言い残して、彼女たちは逃げ惑う住民たちのもとへと向かう。

よかった。あいつらに気を払いながら立ち回れるレベルじゃなかったから。

「くっ……！」

奴から一旦距離を取ったアリサさんはすぐさま飛び出そうとしたので、手を引いて止める。

「……っ！　邪魔しないで！」

「わかるでしょう？　あいつが貴女《あなた》一人では敵わないってこと」

「関係ありません！　私は、私はあいつを殺さないと……！」

「わかっていますよ。奴の正体くらいね」

何度も何度も目に焼き付けてきた。

アリサさんをずっと過去に縛り付ける最大の存在にして、原点。

魔王軍幹部。無限に人をくらい続ける絶えない空腹を満たす怪物――狼魔人《ウルフ・オーガ》。

「だからこそ、落ち着いてください。あいつを殺したいのはアリサさんだけじゃない」

「……レイジさん、それは……」

「俺たちが勝つには力を合わせるしかありません。きちんと策を練れば」

「――もうおしゃべりは終わりにしませんか？」

ドンと上から押しつぶすような殺気を全身に当てられる。

ひれ伏せと言わんばかりの気はそれだけで一般人を失神させられる領域に達していた。

「……っ!?」

無意識に一歩引き下がりそうになった彼女の手を強く握りしめて、微笑《ほほえ》む。

大丈夫。大丈夫です、アリサさん。

「おい、狼魔人《ウルフ・オーガ》。どうしてこの街にやってきた？」

アリサさんを相手の視線から隠すように前に出て、こちらを興味なさそうに見つめる奴に問いかける。

同時に後ろ手でアリサさんにハンドサインを出した。

「おしゃべりは止めようと言っているのに物分かりの悪い餌ですねぇ……」

「わざわざお前が生きていられる時間を延ばしてやってんだから感謝してほしいくらいだな」

「ふふっ、そうやって粋がった奴らが今まで何人救いを懇願してきたか……いいでしょう。特に理由はありません。人が多い方へ多い方へ歩いていたら……いつか腹が満たされるだろうって、ね？」

ポンポンと腹を叩《たた》いて、チロリと舌なめずりをする狼魔人《ウルフ・オーガ》。

その下品な顔は俺らを家畜としか見ていなかった。

さて、時間稼ぎはこれくらいでいいか。

アリサさんが俺の背中に○を指で描いた。

「そうか。なら、死ね」

「――【水陣縦爆《アクア・デッドライン》】」

奴の足元から大量の水が噴き出し、柱のように伸びて上空へと巨体を吹き飛ばす。まずは武器と身体の分離に成功させた。

「ほう、面白い」

「いつまでそんな余裕でいられるかな？」

「っ‼」

風魔法を使って一気に奴の元まで接近した俺は右足を真上へと伸ばし、かかとを両手で押さえる。

そして、タメを作ったことにより威力を増したかかと落としを腹へと突き刺した。

「ぐうっ‼」

身体をくの字に折り曲げて、落下する狼魔人《ウルフ・オーガ》。

防御体勢を取れない奴を下で待ち受けるのは復讐《ふくしゅう》に燃える【氷姫《ひょうき》】だ。

「【水の精霊よ。風の精霊よ。我が血を贄《にえ》にして、力を顕現せよ】」

アリサさんが指先から一滴の血を垂らすと、レンガで舗装された大地が水面のように波打ち、白き冷気を漂わせる。

「【憎き、憎き。命奪だけでは渇かぬ、この欲望を。とこしえの眠りで満たしておくれ】」

吹き荒れる水と風が弧を描くように狼魔人《ウルフ・オーガ》の身体を何重にも包み込む。

奴の身体は美しき白に染まっていく。

「――【氷獄永牢《エターナル・プリズン》】」

詠唱が終わると同時に、氷の十字架が完成した。

中に閉じ込められた罪人は溶けない氷の中で永遠の苦しみを負い続ける、アリサさんの得意魔法の一つ。

以前に見た時よりも威力、精度ともに数段階もレベルアップしていた。

これまでアリサさんがいかに研鑽《けんさん》を積み続けていたのかがよくわかる。

「アリサさん」

「ええ、わかっています」

地に降り立った俺はアリサさんと並んで、氷漬けにされた狼魔人《ウルフ・オーガ》を見つめる。

残心は解かない。

こんなにあっさりと倒される程度の実力ならば、アリサさんの仲間は死んでいないだろう。

そんな共通の認識があったから。

「……やはり、そう簡単に死んではくれませんか」

ビキリと氷が砕ける音がする。

永遠に溶けないはずの氷の十字架に次々とヒビが入っていく。

「ウアォォォォオウ‼」

鼓膜を破りそうな叫びが耳を劈《つんざ》くと、完全に魔法は崩壊した。

「ああ、もうイライラしますね。下等生物の無駄な足掻《あが》きは……！」

プルプルと身体を震わせ、飛沫《ひまつ》を払う狼魔人《ウルフ・オーガ》。

血眼をこちらへと向けて、鋭い牙を覗《のぞ》かせる。

「さっさと殺してしまいましょう。私の胃の中で仲良く溶け合いなさい……！」

「死ぬのは貴様だ。私が必ず殺す……！」

「この世からいなくなるのはお前だ、狼魔人《ウルフ・オーガ》！」

鋭くとがらせた殺気と殺気がぶつかり合う。

本気で怒った奴との第二ラウンドが始まった。

Quest-11　過去から未来へ

「ふぅ……これでひとまず終わりってところかしら？」

「はい、問題ありません。ご協力ありがとうございます」

「この後は私たちで対応いたしますので、引き続き『龍神祭』をお楽しみください」

「はいはい、お疲れ様～」

警備兵に手をひらひらと振って、ようやく面倒ごとから解放された私は一つ息を吐いた。

「ったく、あいつもいきなり雑用押し付けてくるなんて……ひどいと思うわよね、フィナちゃん？」

「あはは……こっそり尾行していた罰かもですね」

「どうやら最初からバレてたっぽいけどね～」

ミリア《わたし》とフィナちゃんは朝からレイジの後を尾けていた。

なぜかって？　そんなの簡単だ。

あいつがヴェローチェ先輩《こいがたき》とデートをすることになったから。

今までずっと冷たくあしらってきた彼女がいきなりレイジのデートの誘いを受けるなん

ておかしい。

ギルドなんて数日中、そのうわさで持ちきりだったレベル。

フィナちゃんに聞いても教えてくれないし、それならこうやって探りを入れるしかないじゃん。

「さて、この後はどうしよっか。あの二人見失ったし、フィナちゃん何かご飯でも……ん？」

なにやらドタドタと地鳴りのような音がこちらへと近づいてくる。

「逃げろ！　急いでアヴァンセの外へ‼」

「みなさん、落ち着いて！　私たちの誘導に従ってください！」

「くそっ！　なんて日だ！　せっかくの祭りなのに！」

「警備兵たちは何やってたんだ、ちくしょう‼」

見やれば、必死の形相で走る大衆で、先頭には職場で見慣れた顔があった。

「なんでしょう……？」

「さぁ……ただいい出来事じゃないってのは間違いなさそうね」

この街は平穏が売りで、こんな大騒動滅多に起こらない。

胸騒ぎがする。

当たってほしくないその予感は最悪の形で的中した。

「心配するな！　うちで最強の男と元S級冒険者が時間を稼いでくれている！　だから、言うことに従って全員無事でアヴァンセを出ろ‼」

この街にそれに符合する人物はあの二人しかいない。

「フィナちゃん！」

「ミリアさん！」

考えていることは一緒だった。大通りから逸《そ》れて、路地を通って現場へと向かう。

人波に逆らうように進めば、聞きなれた声が耳に届いた。

「【魔法装甲《エンチャント》：氷盾《アイス・シールド》】‼」

「ギャハハハ！　無駄だってわからないんですかぁ‼」

「ぐうう……！」

魔物の攻撃でレイジの氷の盾が粉砕され、吹き飛ばされる。そこにはヴェローチェ先輩もいて、二人ともすでに傷だらけ。服には真っ赤なシミができている。

「嘘《うそ》……」

人生において、レイジの魔法が力負けするシーンなんて記憶にない。

「師匠……！」

思いがけない場面に動揺して、フィナちゃんが飛び出そうとする。

ギョロリと双眸《そうぼう》がこちらを向いた。

「おや、餌が残っていましたか。若い女の肉は柔らかくて、私大好物です」

直感が告げている。目の前の敵は自分よりも圧倒的な力を誇る者だと。

魔物はすでに動き出そうとしている。なのに、私の身体《からだ》はガチガチと震えて言うことを聞いてくれない。

「――ミリア！　全力で防げ‼」

「っ！　魔法学院次席舐《な》めんなっ‼」

そんな私を動かしたのは勇気を与えてくれる彼の声だった。

「【花よ散れ散れ。視界を遮るほどに】」

「【風よ巻け巻け。童のごとくわが身を回れ】」

「【暴風花盾《フラワー・ガードナー》】‼」

花々が咲き誇り、こちらへと伸ばされた魔物の爪撃を防ぐ。

「ひぃっ⁉」

だけど、完全に力負けしていた。

見えない風の壁へと食い込み、魔物の爪が私へと近づいてくる。

ダ、ダメ……！　もう維持が……！

「【白の氷壁《アイス・ブロークン》】！」

「【噴き上がる水幕《スプラッシュ・カーテン》】！」

「【迅雷槍《エレキテル・ランス》】！」

剛と柔の防壁。さらに雷の一撃が入って、ようやく魔物は攻撃を止めて、跳び退る。

殺気から解放された私は糸が切れた操り人形のようにその場に倒れ込んだ。

† † †

「ミリアさん！」

「大丈夫だ、フィナ。気絶しただけで容体に異変はない」

無理もない。魔王軍幹部の圧を受けたんだ。

とっさに魔法で防御できただけでも褒められる。

「すまん、ミリア。ここで待っていてくれ」

少しでも被害を受けないように広場の外れへと寝かせる。

「すぅ……ふぅ……」

彼女に傷がつかなくてよかった。ホッと安堵《あんど》が胸を通り過ぎると、沸々と怒りが腹の底から湧いてくる。

本能は燃え盛って、理性は冷静なまま。コンディションが完成されていく。

アリサさんの復讐《ふくしゅう》相手ともあって無意識にリズムを崩していたのかもしれない。

だけど、この場に失いたくないものが増えて、思考がクリアになった。

いい時に来てくれた。感謝するよ、フィナ。

「フィナさん。ここは危険です、あなたもはやく」

「フィナ、いけるな？」

「なっ、レイジさん⁉」

アリサさんの言葉を遮って、我が弟子に問いかける。

「――もちろんです‼」

彼女はいつもと変わらぬ大きな声で答えて、杖《つえ》を構えた。

そこに一切の気後れもない。むしろ、喜色満面といったところか。

これでやっとこっちから仕掛けられる。

均衡していた手数が奴より勝った。悔しいかな、俺とアリサさんだけでは押し切れない。

けど、こうなったら話は別だ。

ようやく攻撃に振り切れる。

「フィナさん。冷静に対処を。ここは私たちに任せてあなたも避難をするべきです」

「それは嫌です」

普段のフィナからは考えられない明確な拒絶。

アリサさんは二の句を告げず、絶句している。

「私は師匠に戦力として認められて嬉《うれ》しいんです。師匠と出会ったこの街が大好きだから、自分の意志で決めました。それに——」

ニッとフィナは不敵に笑う。

「私は冒険者ですから！　恐怖するのではなく、この冒険を楽しみます！」

「……っ。ははっ、どうやら俺の教育は正解だったみたいだ」

「ふざけないでください‼」

アリサさんが俺の手首を摑《つか》んで、ギリギリと締め上げる。

声はわずかに上ずり、涙が頬を伝って地面に落ちていく。

「どうして……どうしてあなたたちは私の言うことを聞いてくれないんですか？」

「あなたと一緒ですよ、アリサさん」

「私と一緒……？」

「大切なものはどんなことがあっても譲らない。その矜持《きょうじ》はあなたから俺に、俺からフィナへと引き継がれている」

アリサさんが仲間たちの復讐をずっと己の手で遂行しようとしたように。

俺がアリサさんへの愛を一途《いちず》に貫いていたように。

フィナも彼女が貫こうとした信念を曲げなかっただけ。

「アリサさん」

そっとアリサさんの涙をぬぐう。うん、きれいな碧《あお》の瞳だ。

「過去《あなた》を未来《おれ》に背負わせてください」

今までずっと向き合ってきた俺は、初めて意識して彼女に背を向けた。

目は合わせない。

見てほしい。俺が成長したんだという姿を。

アリサさんはまだどこか弟子だった頃の俺の面影を重ねている。それは仕方ない。10年間も会っていなかったんだ。

ずっと子供のころと変わらない俺の言動も相まって、アリサさんは本当の意味で俺を見ていない。

大きくなった背中を。ずっとずっと追いかけて、身長も越したんだってことを。

「あなたに救われた日から俺の時は走り出したんです」

もうあなたにおいていかれたくないから。

いつだって隣に並んでいたいから。

「だから、今度は俺があなたの時を動かします。引っ張っていきます。そして、一緒に歩んでほしい」

これ以上の言葉は不要だ。アリサさんの声を聴けば、すぐにわかるから。

伊達《だて》にずっと彼女を愛してきたわけじゃない。

「……わかりました」

……ああ、よかった。

俺の言葉は、想《おも》いは届いた。

「ですが、約束です。誰も死なずに終わること……！　絶対に守ってもらいます！」

「安心してください！　俺はアリサさんと結婚するまで死にません！」

「私だって！　生きているうちに友だち百人作ります‼」

気合い十分。気持ちも満点。

「さぁ……」

いつの日か相まみえる時が必ず来る。アリサさんと結婚したいならば絶対に。

そのためにきちんと対策を練っていた。

頭の中に奴を討ち取るプランは出来上がっている。

懸念《けねん》点があるとするなら、俺の身体が持つかどうかだけ。

だけど、今ならやり切れると信じられる。

「反撃開始といこうか」

新旧師弟コンビで振り払ってやろう。

俺たちに巻き付く歪《いびつ》な鎖《かこ》を。

「はいはい。もういいですか、お涙頂戴な展開は」

「待っていてくれたことに関しては礼を言う。おかげでお前を倒す算段ができた」

「おや、奇遇ですね。私も空腹度が増して増して……はやくお前らを食ってやりたいと力がみなぎったところなんですよぉ‼」

飛び出す狼魔人《ウルフ・オーガ》。十字に繰り出された爪による斬撃。

俺がすべきは後衛に位置するフィナに近づかせないこと。

そして、こいつを倒すこと。

「【魔法装甲《エンチャント》：氷手甲《アイス・ガードナー》】！」

「何度も何度も同じ芸ばかり！」

ようやく繰り出される攻撃にも目が慣れてきた。

今までの姿勢とは違う。役割が決まった分、前のめりに攻め込んでいける。

「おいおい、舐めるなよ」

狼魔人《ウルフ・オーガ》の手を組む形で捕える。グッと指に力を込めて、メリメリと毛深い手を握りつぶしていく。

「ぐぉっ⁉　なんだ、この力……」

「わからねぇか？　だったら、教えてやる。今の俺は絶好調なんだよ！」

「っ‼」

危険を察知したのか、腕をしならせて無理やりほどく狼魔人《ウルフ・オーガ》。

だが、もう遅い。この間合いは近接戦闘《インファイト》。つまり、俺にとって絶好の戦闘範囲。

ここからは奴主導ではなく、俺主導のリズムで打撃戦を展開していく！

「うらぁ！」

「がはっ⁉」

右ストレートが顔面にめり込み、狼魔人《ウルフ・オーガ》を吹き飛ばす。

当然立て直す暇など与えない。筋組織が悲鳴を上げようとも、俺は攻撃の雨を止《や》ませない。

「俺を信じてとびきりの魔法を撃ち込め、フィナ！　もちろんできるよなぁ⁉」

「はい！　私たちパーティーですから！」

「アリサさん！　俺たちの想いの力！　見せつけましょう！」

「ええ。これまでのあなたがくれたすべてを……信じます」

その言葉が聞けたなら、もう心配などないさ。

必ず倒せる。目の前の悪を。

「下等生物がぁ……調子に乗るなぁ‼」

「いよいよ敬語で取り繕う余裕もなくなってきたか。所詮、本能で生きてる獣だなぁ、おい！」

「黙れ黙れ黙れ！　吠《ほ》えるな、餌の分際でぇ！」

こんな懐《ふところ》にまで飛び込んでくる奴とは対面した経験が少ないのだろう。

そりゃそうだ。魔王軍幹部の一撃、一歩間違えば即死の距離に好んで近づくバカはいない。

いたとしたら、そいつは間違いなく狂っている。

だが、あいにくだったな。

「俺がなんて呼ばれているか知ってるか？」

突き出された鋭利な一撃。だけど、これだけ打ち合えばもうリーチは身体《からだ》が勝手に覚えてしまう。

頬をかすめて外れた狼魔人《ウルフ・オーガ》の無防備なわき腹。腰を落とし、タメの構えを取った俺の左腕。

ひゅっと奴のかすかに息をのんだ音が聞こえた。

「【不屈の魔拳士《バーサーカー》】だ、覚えとけ」

ズドンと破裂音が辺り一帯に響く。

くの字に折れ曲がるほどの衝撃が狼魔人《ウルフ・オーガ》の身体に突き刺さる。

「か……っは……」

だが、まだ意識すら飛んでいない。

クリーンヒットしても分厚い毛皮がまだ奴を守っている。

アルティマ・ゴーレムみたいに衝撃を爆発させようにも決定打にはなり得ないだろう。

だったら、どうすればいいか。

直接、体内に魔法をぶち込めばいいだけだ。

「【水の精よ、大地に恵みを広げろ――水術《レイン》：円散《エリア》】」

アリサさんが放ったのは最初に俺に教えてくれた魔法。

降り注ぐ水が狼魔人《ウルフ・オーガ》を濡《ぬ》らす。

これは本命のための下準備。そして、アリサさんが俺たちに託してくれた証《あかし》。

「【空にて轟音《ごうおん》を奏《かな》でる鬼よ】」

透き通る声音が奏でられる。

「【我が魔力を贄《にえ》にして、雷《いかずち》を降らせよ】」

うるさくなる鼓動は俺の心臓か、空にとどろく雷か。

「【堕《お》ち、貫き、命を奪う。自然の驚異を解き放ちたまえ】」

貫手の形を取り、ぎゅっと腰をねじりこんだ。

「──【空鬼の遊雷《サンダーボルト》】」

詠唱が完了した。

刹那、頭上で紫電が光る。

タイミング……完璧だ、フィナ。

「【魔法装甲《エンチャント》：風巻《ストーム》】」

ギュルリと内側へねじりながら放った突きとフィナの唱えた彼女の最強の魔法。

さらにアリサさんによって水を浴びて伝導率が上がった状態。

俺たちの結晶が、勝利への道筋を開いた。

「「──────‼」」

声にならない叫び。

俺もまたゼロ距離にいたので、魔法の直撃は避けられない。

だけど、俺は耐えられる自信があった。

この世で一番辛《つら》いのはアリサさんが幸せになれない未来だ。

俺の手にあの人の未来がかかっているならば、たかが第三節の魔法など片腹痛い。

「こひゅっ……お……ろ……」

なにより俺の指先にある感触がまだ眠るなと脳を叩《たた》き起こしている。

打ち込んだ腕はしっかりと奴の胸に突き刺さっていた。

ずっとこの瞬間を夢見ていた。

アリサさんが俺の目の前を去ったあの日から、覚悟なんてもうできている。

「さぁ……狼魔人《ウルフ・オーガ》。我慢比べといこうじゃねぇか」

だけど、結果なんて明白だ。

「【螺旋風刃《トルネード・ブレット》】！」

「ガハッ……‼」

快楽のままに人の命をむさぼってきたお前と。

「【螺旋風刃《トルネード・ブレット》】……‼」

「カフッ⁉　こ、この！　かとうせいぶ、ぐふっ……⁉」

10年間、あの人への笑顔を待ち続けた俺。

「グァァァァウ‼」

歯をむき出し、鋭い牙が肩の肉をえぐる。俺を引き離そうと深く深く突き刺さる。

痛い。痛いさ。風の刃が斬り刻んでいる腕の感覚はほとんどないし、泣き叫びたいくらい身体が悲鳴を上げている。

だけど、全て歯を食いしばって噛《か》み殺した。

こんなもの……あの人が背負ってきた痛みに比べればなんてことない。

「いいぜ……俺の片腕はてめぇにくれてやる。だがな……代わりに命はもらっていくぜ」

最後の覚悟を込めて、未来をこじ開ける魔法の名前を叫んだ。

「トルネードブレットォォオオアァ‼」

「あ、がっ……ぁぁぁぁぁっ‼」

風の刃が暴発し、ついに狼魔人《ウルフ・オーガ》の肉体を突き破って外の世界へと解き放たれる。

吹き飛ぶ肉片。飛び散る赤と緑の血。

ピクピクと下半身が震え、やがて生命活動は止まり、後ろへと倒れた。

「はぁ……はぁ……やった……」

遅れて湧きあがってくる実感。

ぞわぞわと足から全身へと伝っていく喜びが伝播《でんぱ》していく。

倒した。倒した。

これでようやくアリサさんを過去から解放できる。つまり、アリサさんと何の憂いもなく結婚できる……！

「うぉぉぉぉ！　やったぁぁぁぁ‼」

いてもたってもいられず、もう一度天へと向かって勝利の雄叫《おたけ》びを上げた。

「レイジさん！」

「やりました、アリサさ……あ、あれ？」

後方から聞こえた女神のごとく声に応えようと手を振るが、そこにあるべきものがない。

無残に骨がむき出しになり、肘先から肉を失った腕。

目で認識したことで今まで無視できていた激痛が一気にやってきて、吐き気を催す。

意識が一瞬で持っていかれ、力が抜けた俺もまたグラリと地面へと倒れ込む。

だけど、最後に感じた心地よい柔らかさははっきりと覚えていて。

「あなたは……本当にバカで、人の気持ちも考えない、私の……大切な――」

アリサさんに二度と涙を流させないくらい強くなろうと、そう思った。

Quest-12　いいえ、これはきっと私のもの

ドンドンと何やら騒がしい音が聞こえる。

なにやら柔らかい感触が頭を受け入れてくれている。

クソ……靄《もや》がかかって、上手《うま》く状況が把握できない。

とにかくいったん起きよう……。

「……目が覚めましたか」

あれ？　目の前に女神様がいるよ？

いまだかつてないアングルからアリサさんを見たことにより、また新たなここ好きポイントを発見してしまった。

もしかして、これは夢か？　夢なら何をしても許されるな。

「アリサさん」

「はい」

「誓いのキスをしましょう」

「寝ぼけているなら、もう一度寝かしつけてあげましょうか？」

あっ、これ現実だ。

だけど、いつもより声に覇気がないような……。

「……すみません。冗談でも言うべきではありませんでした。ひとまずおはようございます」

「おはようございます……えっと、これは……？」

「ベッドに寝かせるべきだと進言したのですが、誰もが膝枕の方があいつは回復が早いと言い切るので」

よくわかってるじゃないか。

最高の心地である。二度寝どころか百度寝だってできるね。

というか、俺、膝枕してもらっているのか。そっか、アリサさんの太ももに寝転がっているのか、俺……。

「――アリサさんのひざまくいってぇっ!?」

勢いよく上半身を起こすと、全身に鋭い痛みがほとばしる。

そのままよろめいた俺はもう一度、アリサさんの膝枕へと吸い込まれるように倒れた。

「安静にしていてください。数日間寝ていてもおかしくないダメージなんですから」

「そうしておきます」

アリサさんの言うことはちゃんと聞く。

太ももからアリサさんのエネルギーを得た脳がようやく活性化し始めたらしく、断片的に何があったのかを思い出してきた。

「そっか……狼魔人《ウルフ・オーガ》を倒したのか……」

「……ええ、こんな無茶までして、ですが」

そう言って、アリサさんは肘から先がなくなった俺の腕をさする。

「仕方ありませんよ。それほどの強敵だったんですから。覚悟の上です」

「とはいえ、あなたの輝かしい未来を犠牲にしてしまったのは事実です」

「だって、アリサさんとの約束を守りたかったから」

「……その言い訳をここで使うのは反則でしょう」

珍しく不満気に口をすぼめるアリサさん。

ははっ、懐《なつ》かしいな。昔は不満なことがあると、こんな顔してたっけ。

「それに俺にとっての輝かしい未来は冒険者として大成することではありません。アリサさんと結婚して、幸せな家庭を築くことです」

「………っ」

あ、あれ？　おかしいな。

いつもなら剃刀《かみそり》より鋭い切り返しが飛んでくる場面なのに。

それにアリサさんの顔がどことなく赤いような……あっ、そうか。

アリサさんがプロポーズを拒んでいたのは『復讐《ふくしゅう》を果たすまで自分は幸せになってはいけない』と決めていたからだ。

だけど、狼魔人《ウルフ・オーガ》は倒され、アリサさんの仲間への義理は果たした。

つまり、もうアリサさんが俺の愛を拒否する理由はないのだ。

それを踏まえて、この反応を考えると……あ、やば。俺まで恥ずかしくなってきた。

と、とりあえず話題を切り替えるとしよう。

「そ、そういえば、あの後はどうなったんです？　俺、倒れちゃったので」

「え、ええ。簡単に説明しますね」

アリサさんの話をまとめると、こうだ。

狼魔人《ウルフ・オーガ》の死体は王都からやってくる冒険者に引き渡すことになった。

幸いにも怪我人《けがにん》はおらず、明日から街の復興作業が始まるらしい。

そのため、今日は無礼講としてギルドのおごりで『龍神祭』を兼ねた宴会が開かれているそうだ。

「なるほど。だから、外はあんなにも楽しそうなんですね」

「今日をただ辛い思い出のままにしておくのもよくありませんしね。頭に響くようなら移動しましょうか」

「いや、このままでいいです。俺たちが守ったんだと実感できるので」

天高く上る炎を囲んで陽気に踊る人もいれば、両手に食べ物を抱えている人もいる。

子供に手を引かれる親に女を口説く男、まんざらでもない女性。

そんな全員が笑顔でいる。その事実が何よりもうれしかった。

「……あなたは本当に……」

「あっ、アリサさんは行かなくていいんですか？」

「満身創痍《そうい》のあなたを放り出してまで祭りに参加するほど薄情な女じゃありません。……と、この言い方は語弊がありますね。フィナさんたちがここにいないのは気を遣ってくださったからですよ」

「気を遣った？」

「フィナさんたちがしきりに二人きりにさせたがっていたのがまるわかりでしたし……私もあなたと二人きりでお話がしたかった」

『アリサさんがお嫁に来てくれたら四六時中俺の時間はあなたのものですよ』といつもの口説き文句が浮かび上がったが、彼女の表情を見て思いとどまる。

「……いろいろとレイジさんとはありましたね」

「はい。本当にたくさん。……アリサさん知っていますか？　俺、めちゃくちゃ頑張ったんですよ」

「……知っています。ごめんなさい。幼いあなたにまさかここまで想《おも》われているとは考えもしなかった」

「仕方ありませんね。運命を感じた一目ぼれだったので。でも、あの辛《つら》い日々があったから今まで乗り越えられたというか」

「……本当にごめんなさい」

「あっ、別に責めたわけじゃないんです！　アリサさんにだって事情があったし、仕方ないじゃないですか！」

「それでもレイジさんとの約束を反故《ほご》にしたのは事実です。思い返せば返すほど、私はあなたにひどいことばかりしてきて……」

「あー、やめ！　これ以上はやめましょう！　辛気臭い話は無しで！」

「腕のことだってそうです。あなたは後悔しないと言いますが、そんなの許されるはずが」

「――アリサさん！」

「きゃっ」

彼女から懺悔《ざんげ》が聞きたくなくて起き上がった俺は自分の胸に押し付けるようにアリサさんを抱き寄せる。

愛している人の、辛そうに自分を責める姿なんて見たくもなかったから。

「これ以上、俺の愛を否定しないでください」

俺は謝罪が聞きたくて、ずっとアリサさんを追いかけてきたわけじゃない。

「俺はあなたの笑顔が見たくて、頑張ったんです」

「……すみません」

「ありがとうって言ってほしいですね」

「……バカ」

俺のだいすきな香りが肺を満たして。

俺のだいすきな碧《あお》く澄んだ瞳が目の前にあって。

ずっと奪いたいと思っていた桃色の唇が潤んでいる。

初めて俺たちは抱きしめあっていた。

こんなにも通じ合っているのは、きっと初めてで。

落ち着きそうにない二つの心拍音が混ざり合っている。

「……レイジさん。あの夜の言葉を覚えていますか？」

「……もちろんです」

アリサさんは言った。

復讐を果たした末に自分を許すことができたなら――

「――あなたの愛に甘えてもいいですか？」

そう言って、アリサさんが取り出したのは1枚の紙。

俺たち冒険者が見慣れたクエスト発注書。

差し出された紙に記されている依頼主はアリサ・ヴェローチェ。

クエスト内容は『永遠にそばにいること』。

報酬は空欄だった。

「あなたが願いを叶《かな》えてくれるなら、私もあなたの願いを叶えます。レイジさんは……何を望んでくれますか？」

そんなのは決まっている。

俺の手で、あなたを幸せにする唯一の方法。

「俺のお嫁さんになってください」

「……私は笑うのが苦手です。冷たい態度をとってしまうかもしれません」

「俺が笑顔にさせます。そんな小さなこと気にしない」

「料理も苦手で、家事も不得意です」

「一緒に学んでいきましょう。並んで料理するのが楽しみだな」

「いいんですか？　とっても面倒くさい女ですよ？」

「問題ないですね。世界でいちばん好きなので」

問答を終えて、俺は笑顔で、いつものように問いかける。

「あなたを攻略できるクエストはありますか？」

アリサさんは筆を取ると、報酬欄に自分の名前を書く。

一文字ごとに想いを込めて。

そして、柔和な微笑《ほほえ》みを浮かべる彼女と一緒に、俺は宝物のように抱きしめた。

†　†　†

貴女《あなた》を攻略できるクエストはありますか？

レイジさんはそう言ったけれど、本当は違う。

私はまだあなたの愛に対して何もしてあげられていない。

小さなころの思い出一つで、あなたは私をこんなにも愛してくれている。

昔はそれでも満足だった。
でも、今の私はあなたが幸せにしてくれたから、それだけじゃ足りないの。
もっともっと、私を好きになってほしい。
そして、私も今までの分を取り返す以上にあなたを愛したい。
だから、そう。これは——私が貴方《あなた》を攻略するクエストだ。

あとがき

初めまして。この度は著作『ギルド最強VSクールな受付嬢』をお手に取ってくださり、ありがとうございます。木《き》の芽《め》と申します。

カクヨムでご存じの方は「ああ、脳内がおっぱいでいっぱいの木の芽か」と思い当たるかもしれませんが、その木の芽であっております。また会っちゃったね？　おい、目をそらすな。知っているってことはあなたもおっぱい好きなんでしょう？

性癖に素直になろうや……。ね？　ね？

自己紹介もほどほどに……。本作は一途《いちず》な主人公と師匠&弟子のラブストーリーを書きたいというコンセプトから始まった物語です。

基本的には明るく、それでいて締めるところは締める。そうした結果、変態なレイジが生まれました。ヒロインは主人公と対比になる性格にしたかったのでクール。だけど、少しずつ惹《ひ》かれている素振りを見せる可愛《かわい》いアリサの全体像が出来上がり。そのおかげか弟子と師匠の関係もすぐに収まりました。

そして、一途な弟子が師匠を追いかける土台となる恋愛関係ができ、いろいろと肉付けをしていって、今の形に落ち着きました。

そんな感じでWebで書いていたのですが別作の事情もあり、更新も停滞気味。というところに打診をいただきまして、ありがたい反面、とても必死に原稿を書きました。推しているVライバーの夢咲《ゆめさき》めいかさんの配信を見ながら、時間の許す限りまとめあげました。楽しんで頂けたなら幸いです。

あっ、夢咲めいかさんというのはとても可愛い方で声も最強、顔面も最強なライバーさんです。ニコニコしてるの可愛い。脳死ボイスとトークに思考がとろけさせられる。ここ好きポイント上げたらきりがないんですが、とりあえず配信見に来て！　トブぞ‼

興奮も落ち着いたので、この辺りで謝辞へと移らさせていただきます。

本作の可能性を見出《みいだ》してくれた編集のN様。あまり前例のないジャンルで最後までよりよい作品に仕上げるために付き合ってくださり、ありがとうございます。そらしま先生、素晴らしいイラストありがとうございます。ラフが届くたびに可愛すぎると昇天しました。

そして、ご購入及び応援してくださった読者の皆様。本当に感謝しかありません。今後ともよろしくお願いいたします。以上で締めさせていただければ。

木の芽

富士見ファンタジア文庫

ギルド最強《さいきょう》VSクールな受付嬢《うけつけじょう》

あなたを攻略《こうりゃく》できるクエストはありますか？

令和４年７月20日　初版発行

著者――木《き》の芽《め》

発行者――青柳昌行

発　行――株式会社KADOKAWA
〒102-8177
東京都千代田区富士見2-13-3
0570-002-301（ナビダイヤル）

印刷所――株式会社暁印刷

製本所――本間製本株式会社

ISBN978-4-04-074609-8 C0193　◇◇◇

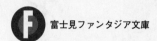

これは世界を救う

久遠崎彩禍。三〇〇時間に一度、滅亡の危機を迎える世界を救い続けてきた最強の魔女。そして――玖珂無色に身体と力を引き継ぎ、死んでしまった初恋の少女。

無色は彩禍として誰にもバレないよう学園に通うことになるのだが……油断すると男性に戻ってしまうため、女性からのキスが必要不可欠で!?

シン世代ボーイ・ミーツ・ガール!

王様のプロポーズ

King Propose

1

橘公司
Koushi Tachibana
[イラスト]――つなこ

最強の初恋
シリーズ
好評発売中!
ファンタジア文庫

切り拓け！キミだけの王道
ファンタジア大賞
原稿募集中！
賞金
《大賞》300万円
《金賞》50万円
《銀賞》30万円
選考委員
細音啓「キミと僕の最後の戦場、あるいは世界が始まる聖戦」
橘公司「デート・ア・ライブ」
羊太郎「ロクでなし魔術講師と禁忌教典《アカシックレコード》」
ファンタジア文庫編集長
前期締切 8月末日
後期締切 2月末日
公式サイトはこちら！ https://www.fantasiataisho.com/
イラスト／つなこ 猫鍋蒼 三嶋くろね